KB114794

조돈형 新무협 판타지 소설
FANTASTIC ORIENTAL HEROES

장강삼협 16

조돈형 新무협 판타지 소설

초판 1쇄 찍은 날 § 2014년 1월 27일
초판 1쇄 펴낸 날 § 2014년 2월 3일

지은이 § 조돈형
펴낸이 § 서경석

편집부장 § 권태완
편집책임 § 박은정

펴낸곳 § 도서출판 청어람
등록번호 § 제1081-1-89호
등록일자 § 1999. 5. 31
어람번호 § 제2-2459호

주소 § 경기도 부천시 원미구 심곡2동 163-2 서경B/D 3F (우) 420-822
전화 § 032-656-4452 팩스 § 032-656-4453
http://www.chungeoram.com
E-mail § chungeorambook@daum.net

ISBN 978-89-251-3696-7 04810
ISBN 978-89-251-2574-9 (세트)

巫山三峽
조돈형 新무협 판타지 소설
[완결] 16
FANTASTIC ORIENTAL HEROES
장강삼협
長江三峽
도서출판 청어람

目次

第四十九章

역공(逆攻)

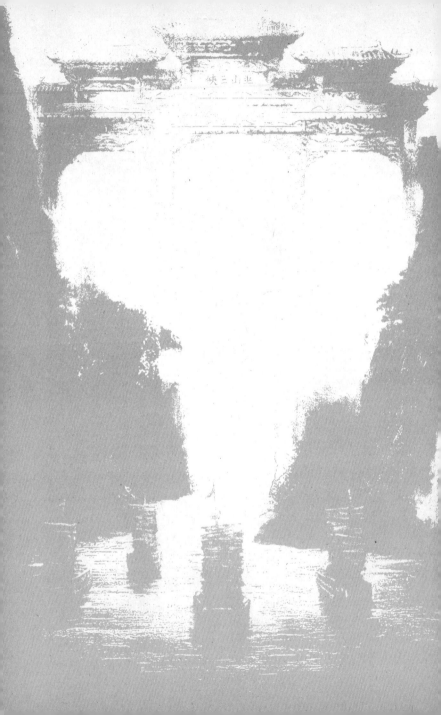

"지금 그게 무슨 소리냐? 참회옥이 어찌 돼?"

어처구니없다는 표정으로 질문을 던지는 소숙의 이마에 잔뜩 주름이 잡혔다.

"사흘 전, 참회옥이 공격을 받아 그곳에 갇혀 있던 포로가 모조리 탈출했다고 합니다. 더불어 참회옥을 지키던 놈들은 물론이고 정무맹에 주둔하고 있던 흑랑회 또한 상당한 피해를 당했고 그 과정에서 도환기가 목숨을 잃었습니다."

모진의 설명에 소숙의 눈에서 한광이 뿜어져 나왔다.

"그런 멍청한 놈 생사 따위는 상관없다. 한데 어째서 사흘 전에 벌어진 일이 이제 서야 보고된 것이냐?"

"그것이……."

모진이 머뭇거리자 소숙의 호통이 터져 나왔다.

"어째서 보고가 늦어졌는지 물었다."

"좌욕이 막았다고 합니다."

"좌욕? 좌욕이라면 흑랑회의 그 머저리를 말함이냐?"

"예, 간신히 목숨을 구한 모양인데 스스로 해결을 해보겠다고 수하들의 입을 틀어막은 것 같습니다."

"이런 병신 같은 놈이!"

소숙이 화를 참지 못하고 욕설을 내뱉었다. 그리곤 갑자기 생각났다는 듯 다급히 물었다.

"광의는, 광의는 어찌 되었느냐?"

"생사가 확인되지 않았습니다."

"생사가 확인이 되지 않다니? 멸혼이 지키고 있지 않았더냐?"

순간, 모숙의 안색이 어두워졌다.

"광의를 지키던 멸혼은 모두 전멸했습니다."

"음. 하면 물건은?"

"그 또한 확인되지 않았습니다."

"허!"

"하지만 너무 걱정하지 마십시오. 일전에 올라온 광의의 보고에 따르면 아직 완성되지 않았습니다."

"확실한 것이냐?"

소숙이 불안한 얼굴로 물었다.

"예, 확실합니다."

"그나마 다행이라고 해야 하나. 후~"

한참 동안 말을 잇지 못하던 소숙이 힘없이 물었다.

"참회옥을 공격한 놈들의 정체는 확인이 되었느냐?"

"몇몇 생존자를 통해 확인을 하고는 있지만 정확히 파악은
되지 않았습니다. 다만 짐작은 됩니다."

"짐작?"

소숙의 눈이 번뜩였다.

"예, 확인된 바에 의하면 참회옥을 공격한 자들의 수는 얼
마 되지 않았습니다만 개개인의 실력들이 상당했다고 합니
다. 무엇보다 우두머리인 듯한 자의 덩치가 정말 컸다고 하더
군요."

"덩치가 크… 다?"

소숙의 눈빛이 마구 흔들렸다.

"예."

"하면 설마……."

언제부터인지 마음 한편을 불안하게 만들었던 사안이 떠
올랐다.

"장강수로맹의 맹주는 폐관수련을 하고 있는 것이 아닌 것 같습니다."

"음!"

소숙의 입에서 참담한 신음이 흘러나왔다.

자신도 모르게 주먹을 꽉 움켜쥐었다.

소숙의 반응이 격해질수록 모진의 얼굴은 안쓰러울 정도로 창백해져 갔다.

장강수로맹주의 행방을 제대로 파악하지 못한 것은 취운각주로서 씻을 수 없는 죄였다.

잠시 후, 간신히 마음을 진정시킨 소숙이 감히 고개를 들지 못하는 모진의 모습을 쓰게 바라보며 말했다.

"우리가 동정호에서 놈들의 이목을 빼앗고 마황성을 쳤듯 장강수로맹에서도 한 수를 준비한 것이로군. 실로 대단한 자신감이 아닌가. 본가를 상대로 맹주가 자리를 비울 생각을 하다니 말이야."

모진이 단호히 고개를 저었다.

"어리석은 행동입니다. 비록 지형적인 이점이 있다곤 하더라도 만약 본가의 주력이 마황성이 아니라 장강수로맹을 도모했다면……."

"그 자신감이 대단하다는 것이다. 우리가 공격을 한다고 하더라도 그걸 막을 자신이 있다고 판단한 것이니 말이다. 그리고 그런 판단을 전혀 예측하지 못한 우리는 생각지도 못한 피해를 당하고 말았다."

"참회옥이 부서지고 많은 인질이 탈출한 것은 안타까운 일이지만 본가가 마황성을 무너뜨린 것과 비할 바는 아닙니다."

모진의 말에 소숙이 물끄러미 그를 바라보았다.

"정말 그리 생각하느냐?"

"예?"

"정말 그리 생각하느냔 말이다."

"저, 저는……."

잠시 멈칫거리던 모진이 자세를 바로 잡고 말을 이었다.

"참회옥보다는 광의가 문제일 것입니다. 광의가 만들어낸 몽몽환과 혈고가 대업에 얼마나 큰 도움이 되는지 모르지 않으니까요. 하지만 몽몽환은 재고가 충분하고 그 제조법 또한 확보를 했습니다. 혈고 또한 마찬가지입니다. 다만 걱정스러운 것은 광의가 저들의 손에 넘어갔다고 가정을 했을 때 지금처럼 혈고에 대한 절대적인 믿음을 보낼 수가 없을 것입니다. 광의가 지금껏 보여준 능력이라면 짧은 시간 내에 해결책이 마련되리라 봅니다. 그러나 중요한 것은 그때쯤이면 이미 천하는 본가의 손에 들어오기 때문에……."

소숙의 미간이 살짝 찌푸려지는 것을 본 모진이 눈치를 보며 말을 얼버무리자 소숙이 한숨을 내쉬었다.

"그리 생각하는 것도 무리는 아니지. 그만큼 마황성의 공략은 꼭 필요한 일이었고 성공적이었으니까. 관건은 과연 우리가 네가 말한 것만큼 빨리 장강수로맹을 무너뜨릴 수 있느냐는 것이다. 만약 그전에 혈고가 통제력을 상실한다면 어떤 일이 벌어질지 가늠할 수가 없다."

"그 막강하다는 마황성도 간단히 무너뜨렸습니다. 가주님께서 복귀하시면 문제될 것이 없다고 봅니다."

모진의 자신 있게 대답했다.

그는 소숙이 아무런 대답을 하지 않자 몇 마디 말을 덧붙였다.

"게다가 돌아가는 상황도 본가에 절대적으로 유리합니다."

"그렇잖아도 그 얘기를 꺼내려고 하였다. 장강수로맹의 움직임은 어떠하더냐?"

"여전히 혼란스럽습니다."

"혼란스럽다라. 하면 장강수로맹의 태도가 바뀌지 않았다는 말이구나."

"예, 군산을 떠난 문파들 중 거의 대다수가 동정호 인근에 머물면서 사과와 함께 끈질기게 구애를 하고는 있지만 장강수로맹에선 그들의 사과를 받아들이지 않고 있습니다. 시간이 가면 갈수록 감정이 악화되고 있는 상황입니다. 특히 이틀 전, 무작정 군산으로 들어가려던 이들이 처참한 몰골로 쫓겨나면서 분노가 폭발한 상태입니다."

다행이란 얼굴로 고개를 끄덕이던 소숙이 잠시 눈살을 찌푸리며 생각에 잠겼다.

"혹 우리를 기만하려는 술책으론 보이지 않더냐?"

"그렇… 지는 않습니다."

어딘지 자신이 없는 음성이었다.

"확실하더냐?"

"그, 그건……."

모진이 말을 더듬었다.

마음이야 당연하다고 대답을 하고 싶었지만 장강수로맹의 맹주로부터 이미 뒤통수를 맞은 터라 확언할 수가 없었다.

"좀 더 철저하게 파악을 하겠습니다."

모진이 머리를 조아리며 대답했다.

"예상치 못한 반격을 당했다. 겉으로야 반목을 할지 몰라도 내부적으로 어떤 암계가 있을지 모른다. 당장 폭발해서 날뛰어야 당연할 마황성의 잔당들이 침묵하고 있다는 것 자체가 수상한 일이 아니더냐?"

"그, 그렇습니다."

"이후부터는 모든 가능성을 염두에 두고 저들의 동태를 살펴야 할 것이다. 더불어 참회옥을 부순 장강수로맹주의 움직임을 확인해라. 놈들의 인원이 정확히 얼마나 된다고 했지?"

"진술이 엇갈리고는 있지만 대략 오십 남짓한 것 같습니다."

"거기에 참회옥에 갇혔던 포로들까지 합친다면 결코 무시할 수 있는 전력이 아니다. 자칫 후방이 흔들릴 수 있으니 반드시 찾아야 한다."

"이미 흑랑회의 낭인들이 인근 지역을 샅샅이……."

말을 하던 모진은 소숙의 눈빛이 날카로워지자 얼른 말을 돌렸다.

"전력을 다해 놈들을 쫓겠습니다."

"다시 한 번 말하겠다. 지금 이 순간 이후, 한 치의 틈도 보여선 안 될 것이다."

"명심하겠습니다."

모진이 잔뜩 긴장한 얼굴로 대답했다.

"더불어 좌욕 그 머저리를 당장 소환해라. 책임을 물을 것이다."

소숙의 살기 어린 눈빛을 보며 모진은 사지가 부러진 채 겨우 목숨을 보전하고 있다는 좌욕의 신세가 불쌍하기까지 했다.

＊　　　＊　　　＊

"크아아악!"

"으악!"

처절한 비명 소리가 혈사림을 뒤흔들었다.

인면호리와 독안마의 반란으로 이미 많은 피를 흘렸던 혈사림이 또다시 피로 물들었다.

비록 두 번의 반란으로 많은 피해가 있었다고는 해도 혈사림이 지닌 힘은 여전히 막강했다.

물론 과거 무림삼세로 위세를 떨쳤을 때에는 미치지 못할지 몰라도 그 누구도 쉽게 넘볼 수 없는 힘이 있었다.

하지만 상대가 너무 좋지 않았다.

온 무림의 이목을 군산에 집중시킨 뒤 마황성의 본진을 공격해 괴멸시킨 천추세가의 주력이 하문(夏門)에 상륙한 뒤 곧바로 북상을 하여 혈사림을 공격한 것이었다.

수많은 정보원이 회군하던 천추세가의 움직임을 철저히 감시하였으나 해상으로 이동하는 그들의 동선을 완벽하게 파악하기란 애당초 불가능했다.

야음을 틈탄 천추세가의 주력이 하문에 상륙했다는 것을 눈치챘을 땐 그들은 이미 혈사림의 영역에 들어선 이후였다.

마황성을 공격하느라 상당한 전력의 손실이 있었다고는

해도 천추세가의 힘은 막강 그 자체였다.

혈사림은 불사완구를 앞세우고 밀려드는 천추세가의 기세를 감당하지 못했다.

"이럴 수가! 어찌 저런 괴물들이……."

귀령사신의 눈이 경악으로 물들었다.

"바로 그 괴물입니다. 정무맹과 마황성을 무너뜨렸다는 그 괴물."

일전의 반란에서 혁혁한 공을 세운 소진이 딱딱히 굳은 얼굴로 말했다.

"소문이 다소 과장되었다고 생각했는데 오히려 부족하군요. 정무맹이 속수무책으로 당했다는 것이 이해됩니다."

소진은 아군을 유린하는 불사완구를 보며 딱히 상대할 방법이 떠오르지 않는다는 것에 절망했다.

철혈독심 이자웅이 수하들을 이끌고 불사완구에 맞섰지만 상황이 너무 좋지 않았다.

공격이 시작되고 일각도 되지 않아 전력의 절반 이상이 날아갔고 지금 이 순간에도 엄청난 희생이 뒤따르고 있었다.

특히 세 구의 불사완구를 쓰러뜨리는 활약을 펼치며 활약하던 이자웅이 불사완구를 부리고 있는 천검에게 발목이 잡힌 것이 치명적이었다.

그렇다고 그들을 지원할 수 있는 상황도 아니었다.

불사완구를 시작으로 노도처럼 밀어닥친 천추세가의 공세에 고전하기는 모두가 마찬가지였다.

"하후세가의 가주가 저만큼이나 강했던가?"

귀령사신이 유덕강과 치열한 접전을 펼치고 있는 하후천을 바라보며 탄식했다.

하후세가가 무림에서 명문으로 인정받고 있기는 하지만 혈사림의 우상과 접전을 펼칠 수 있으리라 누가 상상이나 할 수 있을 것인가.

아니, 접전의 수준이 아니라 누가 보더라도 밀리는 상황이 역력했다.

"천추세가는 지금껏 음지에서 자신들을 숨기고 있었습니다. 마침내 발톱을 드러낸 지금 과거에 알려진 모든 것은 거짓이라 봐야 할 것입니다."

"그렇겠지. 그러니 정무맹과 마황성이 그처럼 속절없이 당한 것이겠지. 그리고 이제는 우리까지."

귀령사신의 얼굴은 분노를 넘어 체념의 빛을 띠고 있었다.

그렇게 반각의 시간이 흐르고 침묵으로 전황을 살피던 소진에게 전령이 달려왔다.

전령의 보고에 가볍게 고개를 끄덕인 소진이 귀령사신에게 고개를 돌렸을 때 때마침 하후천과 치열한 접전을 펼치던 우상의 목이 허공으로 치솟았다.

"이제 선택을 해야 할 것 같습니다."

"선택? 우리에게 선택할 것이 있더란 말이냐?"

귀령사신이 씁쓸히 물었다.

"퇴로가 확보되었습니다. 지금이라도 퇴각을 명하시면 명맥은 유지할 수 있습니다."

"놈들이 과연 보고만 있을까? 설사 일부가 목숨을 구하고 혈사림의 명맥을 잇는다고 그것이 과연 어떤 의미일지 모르겠구나."

"림주께서 돌아오셨을 때 조금이나마 힘이 될 수 있습니다."

"림… 주?"

능위를 떠올리는 귀령사신의 눈동자가 급격하게 팽창했다.

"제게 림주께서 살아계실 것이라 확신한다고 하신 분이 태상이십니다."

"노부가 그랬… 던가? 그래. 그랬지."

귀령사신이 천천히 고개를 끄덕였다.

"맞는 말이다. 림주께선 반드시 돌아오실 것이다."

"그때를 대비해서라도 최대한 전력을 보존해야 하지 않겠습니까? 방금 전에 말씀드렸다시피 퇴로는 확보했습니다. 흑비조에서 모든 준비가 끝났다는 연락이 왔습니다."

"흑비조라면 검수린이?"

"예."

"허!"

귀령사신이 놀랍다는 표정을 짓자 소진이 다급히 외쳤다.

"시간이 없습니다, 태상."

"알았다. 하지만 모두가 퇴각을 할 수는 없다. 흑비조가 아무리 철저하게 준비를 했다고 하더라도 놈들을 막을 수는 없어."

소진이 무겁게 고개를 끄덕이며 귀령사신을 바라보았다.

선택을 요구하는 눈빛에 귀령사신의 고개가 한쪽으로 향했다.

"선택할 것도 없다. 네 말을 듣는 순간 이미 결정되었으니까."

귀령사신이 선택한 이들은 불사완구에 맞서 악전고투를 펼치고 있는 혈룡승천대와 방금 전부터 그들을 지원하기 위해 움직인 교룡단(蛟龍團)이었다.

소진은 귀령사신의 선택에 의문을 달지 않았다.

그가 보기에도 최선이었다.

혈룡승천대는 그나마 혈사림에서 가장 강한 무력을 지닌 이들이었고 구성원 대다수가 혈사림 수뇌들과 연관이 있는 교룡단은 이제 겨우 약관이 이른 제자들로 사실상 혈사림의 미래라고 할 수 있었다.

귀령사신의 선택이 끝나는 것과 동시에 신호를 보냈다.

퇴각 신호를 받은 혈룡승천대와 교룡단은 즉시 싸움을 멈추고 물러나기 시작했다.

하지만 이를 용납할 불사완구가 아니었다.

거친 흉성을 내지르며 악귀처럼 달려들며 맹렬히 공격을 가해 왔다.

"역시 쉽지는 않겠군."

침음을 흘린 귀령사신이 고개를 돌려 소진을 바라봤다.

"그럼 뒤를 부탁하지."

"예?"

소진이 당황하는 모습을 보이자 귀령사신이 너털웃음을 터뜨렸다.

"누군가는 시간을 끌어줘야 할 것 아니더냐?"

"하지만 태상께서……."

"평생 친우들이 모두 갔는데 노부 혼자 살겠다고 도망칠 수야 없는 노릇이지."

우상에 이어 좌상까지 숨이 끊어지는 것을 확인한 귀령사신은 이미 죽음을 선택한 듯했다.

소진은 담담히 대꾸하는 귀령사신을 만류할 수가 없었다.

"뒤를 부탁한다."

소진의 어깨를 가볍게 두드린 귀령사신이 불사완구를 향해, 정확히는 이자웅의 발목을 잡고 있는 천검을 향해 달려갔다.

귀령사신이 움직이자 남아 있는 모든 예비 병력이 그를 따라 불사완구를 상대하기 위해 달려갔다.

멀리서 이를 지켜보던 한호가 흥미롭다는 듯 턱을 쓰다듬었다.

"재밌군."

"불사완구를 치지 않고는 답이 없다고 생각한 모양입니다."

뇌화문의 장로 허망의 말에 한호는 고개를 흔들었다.

"먼저 상대하고 있던 자들이 퇴각을 하는 것을 보아 뭔가 다른 계획이 있는 듯싶소. 인요."

"예, 가주님."

"멸혼에게 퇴로를 끊으라 전해라. 바로 오늘, 혈사림의 존재를 완벽하게 지운다."

"존명!"

인요가 물러나자 한호가 기지개를 켜듯 몸을 풀며 패혼을 들었다.

그의 시선이 이자웅을 대신하여 천검을 몰아붙이고 있는 귀령사신에게 향했다.

＊　　　＊　　　＊

"흐음. 이기아 원."

한호가 세가를 비우고 떠난 지금, 천추세가의 가장 큰 어른으로서 남아 있는 식솔들을 이끌고 본가를 굳건히 지켜야 하는 막중한 책임을 지고 있는 한백이 잔뜩 찌푸린 얼굴로 바둑판을 응시했다.

손에 든 바둑알이 닳아버릴 정도로 만지작거리기를 얼마간, 아무리 생각해도 방법이 없었는지 힘없이 돌을 던지고 말았다.

"졌네. 대마불사(大馬不死)라더니 순 엉터리 말이 아닌가?"

반상(盤上)을 두고 마주한 노인이 승자의 미소를 지으며 말했다.

"너무 욕심을 냈네. 그저 귀탱이 조금 먹고 살겠다고 하는데 그걸 참지 못하시고 공격을 하다니. 그러니 실족을 하지."

"홍. 사귀생통어복(바둑판의 네 귀퉁이에 집을 짓고 중앙을 관통하면 필승)이라고 했네. 자네가 네 귀를 취하고 중앙까지 손을 대니 어쩔 수 없었지. 이기려면 승부를 보는 수밖에."

"하긴 공격이 어찌나 날카로운지 간담이 서늘했네. 이곳에서 실수를 하지 않았다면 아마도 승부는 바뀌었을 걸세."

노인이 가리킨 곳은 좌하귀에서 중앙을 공략하기 위해 뻗어 나온 곳이었다.

"그러게. 미묘했어. 장고(長考) 끝에 악수(惡手)를 둔다더니만 꼭 그 꼴이었지."

한백은 승부를 가른 실수가 못내 아쉬웠던지 복기(復棋)를 하는 내내 연신 입맛을 다셨다.

"그나저나 이제 일선에 다시 나서야지?"

한백의 말에 막 착수를 하던 노인의 손이 멈칫했다.

"사사천교의 일은 이제 그만 잊어버리게. 언제까지 은둔생활을 할 셈인가?"

천천히 손을 거둔 노인이 쓰게 웃었다.

"임무였고 본가를 위해서 당연한 일이었지만 그래도 오랫동안 정이 든 곳이었네. 노부의 피와 땀이 스며들지 않은 곳이 없고. 무엇보다 마지막 그 아이의 얼굴이 잊혀지지가 않아."

천추세가의 원로이자 과거 사사천교의 태사였던 모대원(毛大元)은 자신에게 배신을 당하고 분노하다 결국은 스스로 자폭을 하고만 사사천교 교주의 얼굴을 떠올리며 한숨을 내쉬었다.

"쯧쯧, 그렇게 마음이 약해서야."

혀를 차며 핀잔 섞인 말을 내뱉고는 있었지만 친우의 마음이 어떤지 누구보다 잘 이해하고 있던 한백 또한 마음이 편치 않았다.

"술이나 한잔하지."

한백이 술잔을 내밀었지만 모대원은 고개를 저었다.

"술보다는 이제 그만 결론을 내리는 것이 좋겠네."

모대원이 방문 앞에서 무릎을 꿇고 있는 청년에게 시선을 돌리며 말했다.

"아직도 있었던 것이냐? 더 이상 할 말이 없다고 말했거늘."

한백이 한숨 섞인 음성으로 말을 하자 청년이 고개를 떨구고 있던 청년이 고개를 번쩍 들었다.

"허락해 주십시오, 작은 할아버님."

머리를 조아리는 한진의 음성은 간절했다.

"어허! 그렇게 고집을 피울 것이 아니라는데도."

한백이 짐짓 언성을 높였지만 한진은 그저 머리를 숙이고 허락을 구할 뿐이었다.

한진의 고집스런 태도에 답답하기도 했지만 그렇다고 이해를 못할 바도 아니었기에 정색을 하고 화를 내기도 뭐했던 한백은 답답한 표정을 감추지 못했다.

"그만하고 돌아가는 것이 좋겠다. 노부가 설득을 해보마."

모대원이 부드럽게 말을 하자 그제야 슬쩍 고개를 쳐든 한진은 모대원의 웃음 섞인 눈짓에 잠시 고민을 하는 듯하더니 몸을 일으켰다.

"기다리고 있겠습니다."

두 사람을 향해 공손히 허리를 숙인 한진이 물러나자 한백이 혀를 찼다.

"쯧쯧, 무슨 놈의 고집이 그리 강한지."

"집안 내력이겠지. 어지간하면 들어주지 그러나. 솔직히 초조해하는 것도 이해하지 못할 바는 아니지 않나."

"알지. 그리기에 더욱 보낼 수가 없다는 말이네. 자네 말대로 녀석은 지금 너무 초조해하고 있어. 자칫하면 큰 화를 당할 수가 있다네. 일전에도 너무 무리해서 움직이다 크게 낭패를 봤다네."

"개파대전이 끝나고 돌아가는 자들을 치는 과정에서?"

"그렇다네. 자칫하면 목숨을 잃을 뻔했어."

"그랬군. 음, 한데 그 말을 듣고 보니 더욱 이해가 가는군. 승승장구하는 형과의 격차가 너무 많이 벌어졌다고 생각했을 것이야."

"솔직히 그건 사실이지. 게다가 진아의 힘이 되어줄 수 있는 낙성검문은 멸문지화를 당했지만 교아의 뒤에 버티고 있는 하후세가는 여전히 건재하니까."

한백은 이미 물러간 한진이 행여나 듣지 않을까 슬쩍 방문을 바라보았다.

"뒷배의 힘이야 그렇다 치고 자넨 개인적으론 어느 아이가 마음에 드는가?"

"글쎄. 둘 다 장단점이 있지. 무공 실력은 둘째 치고 수하들의 마음을 얻는 힘이나 친화력은 첫째보다 둘째가 조금 낫네."

"교아가 딱히 모난 성격은 아닌 것 같던데 이상하군. 성격도 그만하면 시원시원하고."

모대원이 고개를 갸웃거렸다.

"아무래도 본가의 장자라는 위치 때문에 어려서부터 다들 어려워한 느낌이 있을걸세. 그게 지금까지 이어온 것이고. 그런 영향 때문인지 늘 스스로를 절제하며 몸가짐을 바로 하는 것은 장점이지. 그렇다고 자신의 지위나 권위를 내세우는 것도 아니고. 무엇보다 차분한 성격이 마음에 들어. 그에 반해 진아는 다 좋은데 너무 다혈질이네. 솔직히 어디로 튈지도 모르겠고. 아직 어려서 그렇다고 생각을 하려고 해도 영……."

한백은 한진보다는 한교를 마음에 들어 하고 있음을 은연중 내비쳤다.

"자넨 이미 마음을 굳힌 모양이군."

"어느 정도는 기울었지만 확정된 것은 아니라네. 아직 시간이 남았으니 조금 더 신중하게 판단을 해야겠지. 후계를 결정하는 일이 그리 쉬운 문제가 아님을 알지 않나."

"당연히. 그런데 진아 입장에선 조금 억울하기도 하겠네. 철검서생을 따라나선 형은 연일 맹활약을 하고 있고 하후세가 또한 가주와 함께 큰 공을 세우고 있으니 말이야."

"하니 어쩌겠는가? 녀석을 경거망동하지 못하게 해달라고 당부하고 간 사람이 가주인 것을."

"가주가?"

모대원이 의외라는 얼굴로 되물었다.

그가 아는 가주는 자식들을 위험 속에 내던지면 던졌지 결코 품안에 끼고 돌 성격이 아님을 알고 있기 때문이었다.

"의외지? 노부 또한 평소와는 다른 가주의 모습에 놀랐다네."

"하면 가주의 심중에 첫째가 아니라 둘째를 담고 있다는 말인가?"

"그거야 모르지. 녀석이 지금처럼 초조감을 이기지 못하고 성급하게 뭔가를 해보려 하다가 화를 입을까 걱정하는 것인지 아니면 정말 마음에 담고 있는 것인지. 오직 가주만이 알고 있겠지."

"아무튼 마냥 집안에 가둬놓는다고 능사는 아니라고 보네. 젊은 혈기를 언제까지 막을 수는 없는 것이고. 원하는 대로 군사의 곁으로 보내주는 것도 생각해 볼 문제라고 보네만."

"그렇지 않아도 그 친구에게 전서구를 띄울 생각이네."

"좋은 생각이군. 한데 군사는 교인가 진인가?"

"모르네. 워낙 능구렁이 같은 친구라 내색을 안 해."

소숙의 평소 성정을 떠올린 모대원이 엷은 미소를 지었다.

"하긴 어쩌면 가주의 판단보다 더 크게 작용할 수 있는데 함부로 내색하면 안 되겠지. 과연 어떤 판단을 했을지 궁금하군."

"어느 쪽이든 최선인 쪽을 선택하겠지. 노부처럼 멍청한 실수를 하는 위인이 아니니."

방금 전의 실수를 떠올리며 스스로를 자책한 한백이 다시금 바둑돌을 집어 들며 말했다.

"이번엔 아까와 같은 실수는 없을 걸세."

참회옥에서 포로들을 구해내고 그들과 헤어진 지 정확히 닷새.

동쪽으로 발걸음을 돌린 유대웅 일행이 마침내 폭풍의 중심지라 할 수 있는 천추세가에 도착한 것은 정오 무렵이었다.

회음현 외곽에서 혹여 있을지 모르는 간자들의 눈을 짧은 휴식을 취한 일행은 어둠이 내리자 목표인 천추세가를 향해 움직였다.

"후아~"

사방 십 리에 이르는 엄청난 규모에 밤이 깊어감에도 불야성을 이루고 있는 천무장의 모습에 다들 감탄을 금치 못했다.

"일전에 보았을 때와는 사뭇 느낌이 다르군요."

유대웅이 천룡쟁투 때의 기억을 되살리며 말했다.

"아무래도 그렇겠지. 지금은 천추세가의 실체를 정확하게 알고 있으니까. 그들이 지닌 힘까지."

당곤이 천추세가의 거대한 정문을 지그시 노려보며 말했다.

참회옥에서의 감금 생활과 닷새 동안 이어진 강행군에 지친 기색이 역력했지만 눈빛만큼은 살아 있었다.

"대부분의 병력이 빠져나간 것으로 아는데 그럼에도 상당한 인원이 상주하는 것 같습니다."

단혼마객이 천무장 곳곳을 지키고 있는 경계병을 가리키며 말했다.

눈으로 확인되는 인원만 근 백여 명에 이를 정도였으니 천추세가 내부에 얼마나 많은 인원이 대기하고 있을지 가늠조차 되지 않았다.

"저 정도는 되니까 무림제패를 노리는 것이겠지."

당곤의 말에 유대웅이 가볍게 미소 지었다.

"어차피 각오한 일이었지요."

"물론이다. 저 녀석들과는 달리 난 처음부터 네 의도를 알고 이번 거사에 참여했다."

당곤이 긴장한 빛이 역력한 팽염과 율인을 가리키며 코웃음을 쳤다.

팽염과 율인이 어색한 웃음을 흘렸다.

당시 그들은 목숨을 걸어야 한다는 유대웅의 말에도 주저 없이 지원을 했으나 정작 목표가 천추세가라는 말에 기함을 하고 말았다.

"놀랄 만했지요."

당곤과 마찬가지로 처음부터 목표가 천추세가일 것이란 생각을 하고 있었던 단혼마객이 두 사람의 심정을 이해한다는 듯 고개를 끄덕였다.

불사완구까지 포함해서 인원이라 봐야 도합 여섯.

한 줌도 안 되는 인원으로 무림제패를 노리는 천추세가의 본가를 친다는 계획이었으니 미쳤다고 하지 않으면 다행일 정도로 무모한 행동이었다.

"마황성에 이어 혈사림까지 철저하게 괴멸이 되었습니다. 일부 탈출에 성공한 자들이 있는 것 같기는 합니다만 사실상 끝장났다고 보는 것이 정확할 것입니다."

"혈사림주가 그렇게 허무하게 가면서 몰락은 이미 기정사실 된 것이지."

담담하기 그지없는 당곤의 말에 다른 이들은 섬뜩한 감정을 느껴야만 했다.

　그건 곧 얼마 전까지만 해도 삼세로서 무림에 군림하던 혈사림의 몰락이 당연시될 정도로 천추세가의 힘이 막강하다는 것을 의미하는 것이었다.

　"마황성만큼은 아니나 혈사림까지 무너지면서 무림은 또 한 번 큰 충격을 받은 상황입니다. 이러다간 자칫 천추세가의 무림제패가 당연한 것으로 받아들여질 수가 있습니다."

　"심각한 문제지. 천추세가에 대항할 수 있는 최후의 보루라고 할 수 있는 장강수로맹과 뭇 문파들의 분란을 겪고 있는 상황까지 더해져 아예 전의를 상실할 수도 있는 것이니까. 반드시 막아야 하는 일이야."

　당곤의 얼굴이 심각해지자 다른 이들의 표정 역시 덩달아 심각해졌다.

　"사흘 후, 장강수로맹과 마황성의 역습이 있을 예정입니다. 지금까지는 천추세가의 이목을 속이고 무사히 병력을 빼돌렸다고는 하는데 결과가 어찌 될지는 장담할 수 없습니다."

　"주력이 빠진 상황이니 본격적인 싸움이 시작되면 어느 정도는 유리하지 않겠습니까?"

　팽엽이 조심스레 물었다.

"천추세가는 주력을 제외하고도 믿을 수 없을 만큼 막강한 힘을 자랑합니다. 게다가 정무맹과 개방의 부활을 막고 삼불신개 어르신까지 쓰러뜨린 철검서생의 병력의 행방이 아직 파악되지 않았습니다."

"대파산 쪽으로 이동했다고 하지 않았습니까?"

단혼마객이 놀라 물었다.

"아니오. 방금 전 하오문에서 받은 전서에 따르면 대파산 쪽으로 움직이던 그들의 흔적이 언제부터인지 사라졌다고 하는군요. 어쩌면……."

유대웅의 표정을 읽은 단혼마객이 굳은 얼굴로 말했다.

"남하하여 군산으로 오고 있다고 생각하시는군요."

"예, 아무래도 그런 것 같습니다. 저쪽도 주력이 빠져나간 상황에서 공격을 받으면 위험하다고 여기고 있을 테니까요."

"장강수로맹과 여러 문파의 분란을 모르는 사람이 없습니다. 그것이 거짓이 아니라는 것은 천추세가에서도 충분히 확인했을 것이고요. 설마 공격을 할 수 있다고 판단하고 있을까요?"

유대웅을 대신해 당곤이 말을 받았다.

"충분히 할 수 있다고 보네. 돌다리도 두드리고 또 두드려보고 우회를 결정하는 것이 군사의 역할. 그런 면에서 현재 장강수로맹과 대치하고 있는 천추세가 군사의 능력이라면 그들에게 벌어질 수 있는 모든 가능성을 염두에 두고 있겠지."

"잘못하면 최악의 수가 되겠군요."

단혼마객이 잔뜩 찌푸린 얼굴로 한숨을 내쉬었다.

"그걸 막기 위해서라도 우리의 활약이 필요한 것입니다."

유대웅이 가벼운 미소로 무거워진 분위기를 일소했다.

"천추세가의 본가에 문제가 생긴다면 아무래도 문제가 좀 생기겠지요. 냉정한 판단도 하기 힘들 것이고요. 자, 마지막으로 확인하겠습니다."

유대웅이 품에서 천추세가의 지형이 그려진 양피지를 꺼내들었다.

"공격은 일각 후, 북문에서부터 시작하겠습니다. 이유는 다들 아실 겁니다."

"한백."

당곤이 조용히 읊조렸다.

"예, 이번 공격의 최우선 목표라고 할 수 있는 한백의 처소가 바로 그곳에 있습니다. 그의 실력에 대해선 미지수이나 명색이 천추세가 가주의 숙부입니다. 결코 방심할 수 없는 상대입니다. 반드시 제거를 해야 하는 인물이니만큼 제가 상대하겠습니다."

유대웅의 말에 당곤과 단혼마객의 안색이 살짝 변했으나 뭐라 반발을 하지 않았다.

한백의 무공 실력에 대해 알려진 것은 전혀 없는 바 천추세 가의 지난 행보를 감안했을 때 미지수라는 것처럼 위험한 말 은 없었다.

"단숨에 북문을 뚫고 들어가 처음부터 전력을 다해 이곳으 로 향합니다."

유대웅이 한백의 처소 수운각(水雲閣)을 가리켰다.

"북문을 돌파하면 수운각까지는 큰 저항을 받지 않을 것 같습니다. 수운각에는 한백을 지키고 있는 천위영 소속의 고 수들이 있습니다. 숫자는 대략 삼십. 원래 이 정도 수는 아니 었다고 하는데 가주가 자리를 비운 뒤 호위가 강화되었다고 하는군요. 참고로 말해서 현재 천추세가에서 가장 강한 자들 이라고 할 수 있습니다."

"늙은이들을 제외하고 말이지요."

율인이 긴장감을 감추지 못하자 단혼마객의 그의 어깨를 가만히 짚었다.

"걱정 말게. 어차피 자네들이 그들을 상대할 일은 없으니 까."

"언제든 상관없습니다."

율인이 언제 긴장을 했느냐는 듯 자신만만하게 대답했다.

"북문이 뚫리고 수운각이 공격당하는 것을 알면 천추세가 의 모든 병력이 모여들 것입니다. 만약 포위를 당하게 되면······."

유대웅의 말이 갑자기 끊어졌다.

모두의 시선이 그 원인이 되는 소음을 향해 고개를 돌렸다.

꽈꽈꽝!

굉음과 함께 천추세가의 거대한 정문이 박살이 났다.

정문 앞, 한 괴인이 정문위 누각에 걸려 있던 현판을 들고 있었다.

"크하하하하!"

광소를 터뜨린 괴인을 향해 천추세가의 무인들이 일제히 달려들기 시작했다.

*   *   *

장강수로맹은 물론이고 군산에 모인 주요 인사들이 태호청에 모였다.

마황성이 무너지고 뭇 군웅과 크고 작은 마찰이 있는 상황에서 혈사림마저 처참하게 박살이 났다는 소식을 접한 이후, 착 가라앉아 있던 군산의 분위기가 모처럼 뜨겁게 달아올랐다.

이유는 간단했다.

어둠이 짙게 깔리고 물안개가 스멀스멀 피어오르는 장강

의 물길을 헤치고 참회옥을 탈출한 이들이 마침내 군산에 도착한 것이다.

원래의 계획대로라면 곧바로 군산으로 돌아오는 것이 아니라 장강수로맹과 마황성이 공격을 하는 시점에 그들의 배후를 쳐야 했지만 상황이 여의치가 않았다.

참회옥의 일을 감추기에 급급하던 흑랑회와는 달리 취운각의 정보원들이 전력을 기울여 그들을 쫓기 시작하자 배후를 공격하기는커녕 제대로 은신을 하기도 어렵게 된 것이다.

포로들을 구해낸 호천단과 은영문이 만만찮은 실력을 지니고 있었고 호천단주 이석, 은영문주 임천, 그리고 그들 모두를 이끌고 있는 영영의 무공은 다른 누구와 비교해도 밀리지 않을 정도로 뛰어난 것이었으나 그럼에도 유대웅을 비롯하여 핵심 고수들이 빠진 상황이라 굳이 무리를 할 필요는 없었다.

애써 구해낸 포로들의 안전도 고려해야 했다.

판단은 빠르고 적절했다.

덕분에 그들 모두는 풍림상회의 도움을 받아 아무런 피해도 없이 무사히 탈출에 성공했다.

"이제야 마음이 조금 놓이는구나. 행여나 일이 잘못되는 것은 아닌지 걱정이 컸다."

자우령이 군산에 도착하는 것과 동시에 축난 몸을 돌보기 위해 이생당으로 향한 이들과는 달리 곧바로 태호청으로 달려온 이석과 영영을 격려했다.

"당숙께선 괜찮으신가?"

당곤이 유대웅을 따라 따로 움직였다는 것에 걱정을 금치 못하고 있던 당학운이 물었다.

"기력이 조금 쇠하시긴 했지만 괜찮으십니다."

"그 고생을 하셨으면 기회가 되셨을 때 돌아오셨어야지 어째서……."

당학운은 안도의 한숨을 내쉬면서도 당곤이 유대웅을 따라간 것이 못내 마음에 걸리는지 연신 한숨을 내쉬었다.

"아무튼 고생했다. 참회옥을 박살 내고 포로들을 구했다는 소식에 얼마나 기뻤는지 모른다."

뇌우가 호탕하게 웃으며 이석의 어깨를 두드렸다.

"어르신들께서 걱정해 주신 덕분입니다."

이석이 공손히 허리를 숙였다.

그런데 어딘지 힘없는 대답이었다.

뇌우가 이상하다는 표정으로 고개를 갸웃거리다 이내 이유를 알았다는 듯 껄껄 웃으며 소리쳤다.

"이놈아! 그러기에 평소 실력을 더 연마했어야지. 그랬다면 이렇게 끈 떨어진 연처럼 쫓겨나진 않았을 것 아니냐?"

뇌우의 농담 섞인 말에 이석은 한숨을 내쉬며 고개를 떨궜고 좌중은 와자하니 웃음을 터뜨렸다.

"포로들을 구한 것도 그렇지만 최고의 성과는 광의를 생포했다는 것입니다. 그를 이용하면 몽몽환이야 그렇다 쳐도 보다 빨리 혈고에 대한 대책을 세울 수 있을 것입니다."

당학운의 말에 장청이 고개를 끄덕였다.

"예, 그렇잖아도 바로 조치를 취할 생각이었습니다. 아무래도 당가로 이송을 해야겠지요?"

"당연히. 누가 뭐라고 해도 혈고의 퇴치에 가장 근접한 곳은 당가다. 성수의가의 의원들까지 연구에 합세한 상태니 광의를 보낸다면 틀림없이 해결책을 찾아낼 것이야."

자우령의 말에 당학운이 벌떡 일어났다.

"이렇게 지체하는 시간도 아깝습니다. 지금 바로 출발하는 것이 좋겠습니다. 제가 직접 다녀오지요. 준비가 되겠는가?"

당학운이 장청을 돌아보며 물었다.

"예, 즉시 준비토록 하겠습니다."

장청의 대답에 사도진의 움직임이 바빠졌다.

"그런데 맹주께선 어디로 움직인 것이오? 폐관수련 중이라고 하면서 참회옥을 친 것도 그렇고 도대체 의중을 알 수가 없소이다."

장강수로맹을 끝까지 지지한 덕에 군산에 남게 된 창천방주 황옥(黃鈺)이 장청에게 물었다.

대답을 망설이던 장청이 사도진과 눈짓을 교환하고 입을 열려는 찰나 뇌우가 끼어들었다.

"뭐, 뻔하지 않을까? 우리가 공격을 하면 놈들의 배후를 치겠다는 의도를 가지고 있겠지."

"그럴 의도라면 굳이 이들 모두를 군산으로 보낼 까닭이 없지 않습니까?"

황옥이 고개를 갸웃거리자 뇌우가 답답하다는 듯 말을 이었다.

"참회옥을 박살 낸 인원과 구해낸 이들의 숫자까지 더하면 백 명이 훨씬 넘네. 사실 그 많은 인원이 놈들의 이목에 걸리지 않고 도주에 성공했다는 것 자체가 기적일세. 한데 그런 요행이 언제까지 이어지지는 않을 터. 해서 맹주는 모든 인원을 데리고 놈들의 배후를 치는 것은 불가능하다고 판단한 것일세. 차라리 소수 정예로써 놈들을 혼란케 하는 것이 좋겠지."

"그렇군요."

"크크크. 소수라고는 하지만 워낙 막강한 고수들이니 천추세가 놈들도 꽤나 고생할 것일세."

황옥을 비롯하여 태호청에 모인 대다수가 동의한다는 듯 고개를 끄덕였다.

하지만 유대웅의 의도를 확실히 알고 있는 몇몇 사람, 특히 장청의 표정은 거의 울상으로 변할 정도였다.

　유대웅의 행보에 대해 이제는 정확한 사실을 알려야 하는 시점에서 하필 뇌우가 선수를 치고 나오는 바람에 상당히 입장이 곤란하게 된 것이다.

　뇌우가 망신을 피할 길은 없어 보였다.

　그렇다고 언제까지 입을 다물 수도 없는 일이었다.

　"저, 드릴 말씀이 있습니다."

　장청이 최대한 조심스레 운을 뗐다.

　"뭐? 무슨 말을?"

　뇌우가 한껏 거드름을 피우며 물었다.

　"맹주님의 일입니다."

　"그래. 어디에 숨어 있다고 하더냐? 사흘 후면 공격인데 그때까지 무사하겠지? 아니면 먼저 일을 벌이는 것 아냐?"

　빠르게 이어지는 말에 장청의 표정은 한층 더 구겨졌다.

　"그, 그게 아닙니다."

　"아니야? 그럼 뭔데?"

　뇌우가 턱을 쳐들며 물었다.

　"맹주께선 놈들의 배후를 공격하지 않을 겁니다."

　뇌우의 표정이 확 변했다.

　"어째서?"

　"맹주님과 그 일행의 목표는 다른 곳에 있습니다."

"다른 곳이라니? 천추세가 놈들이 모조리 이곳에 몰려 있는데 어디를 공격한다는 것이냐?"

"……."

장청이 대답을 하지 못하고 머뭇거리자 뇌우가 역정을 냈다.

"어디냐니까?"

"그게… 천추세가입니다."

"당연히 천추세가겠지. 그러니까 놈들의 배후를……."

말을 하던 뇌우가 자신과 장청의 말에 괴리감을 느끼며 고개를 갸웃거렸다.

그러다 이내 비명과도 같은 신음을 내뱉었다.

"서, 설마!"

뇌우가 경악 어린 눈빛으로 장청을 바라보았다.

"설… 마하니 노부의 생각이 맞는 것이냐?"

질문을 던지는 뇌우의 목소리가 마구 떨렸다.

"예."

장청이 눈을 질끈 감으며 대답했다.

"이런 미친!"

뇌우의 성난 외침이 태호청을 뒤흔들었다.

*   *   *

공격을 코앞에 둔 시점에서 전혀 엉뚱한 인물로 인해 모든 계획이 틀어지고만 유대웅 일행은 황당함을 금치 못했다.

무엇보다 그들을 놀라게 한 것은 무지막지한 힘으로 천추세가 무인들을 유린하는 괴인의 신위였다.

"크하하하하!"

현판을 박살 내고 천추세가가 떠나가라 광소를 터뜨린 괴인은 자신을 향해 달려드는 적들을 그야말로 낙엽 쓸 듯 쓰러뜨렸다.

한 번의 손짓에 서너 명이 나가떨어지는 것은 예사였고 쓰러진 이들은 다시는 일어서지 못했다.

엄청난 신위에 모두의 입이 쩍 벌어졌다.

"대체 누구지? 누구기에 다른 곳도 아니고 천추세가에 홀로 공격을 한단 말이냐?"

당곤이 놀라움을 감추지 못하고 소리쳤다.

"대단한 실력입니다. 움직임 하나하나에 낭비가 없군요."

유대웅이 괴인에게 시선을 고정시키며 말했다.

"이렇게 아니라 함께 공격하는 것이 어떨까요?"

홀로 천추세가에 맞서는 괴인의 용기에 팽염이 흥분을 감추지 못하고 몸을 들썩였다.

"그게 아니라면 이틈을 노려 우리의 계획을 실행하는 것도 좋을 것 같습니다."

단혼마객의 말에 당곤이 고개를 끄덕이며 동의를 표했다.

"그게 좋을 것 같다. 차라리 일이 쉬워지겠어."

"하지만 아무리 뛰어난 고수라도 홀로 천추세가를 상대할 수는 없습니다. 우리가 도와주지 않으면……."

팽염은 차마 '영웅을 잃을 수도 있다' 라는 말을 내뱉지는 못했다.

천추세가를 적대시한다고 해도 그가 영웅이라 불릴 수 있는 인물인지는 아직 확신을 할 수가 없기 때문이었다.

"혼자는 아닌 것 같군."

단혼마객이 동쪽 능선을 가리키며 말했다.

그의 말대로 일단의 무리가 능선을 타고 달려오기 시작했다.

그 숫자가 대략 열 명 남짓.

혼자는 아니라지만 지원군이라고 해도 그 수가 너무 적었다.

하지만 지원군을 본, 정확히는 맨 앞에서 지원군을 이끌고 있는 노인의 모습에 유대웅의 몸이 그대로 굳었다.

딱딱하게 굳은 얼굴.

더없이 커지는 눈동자.

믿을 수 없다는 듯 표정에 다들 의아함을 감추지 못할 때 유대웅의 입에서 탄식 섞인 말이 터져 나왔다.

"혈영노괴! 역시 살아 있었군."

당곤의 눈이 휘둥그레졌다.

"혀, 혈영노괴? 하면 저 괴인은……."

"예, 아마도 실종되었다고 알려진 혈사림주일 겁니다."

유대웅이 확신에 찬 대답에 당곤은 물론이고 일행 모두 아연실색했다.

"맙소사! 혈사림주라니!"

"하지만 노부가 알고 있는 능가 놈은 저런 모습은 아니었는데."

당곤이 적발(赤髮)을 휘날리며 무자비한 살수를 뿌리고 있는 괴인을 가리키며 말했다.

"천추세가의 공격에 목숨을 잃었다는 소문이 돌았던 사람입니다. 실제로 한동안 모습을 보이지 않았다는 것은 그만큼 심각한 위험에 노출되었거나 부상을 당했다는 것이겠지요. 그로 인해 변화가 생긴 것 같군요."

여전히 믿기지 않는다는 당곤을 뒤로 혈사림주를 바라보고 있는 유대웅의 머릿속은 빠르게 회전하고 있었다.

"지금껏 모습을 보이지 않던 혈사림주가 이렇듯 노골적으로 모습을 드러내고 공격을 했다는 것은 그만큼 자신이 있다는 것이겠지요. 설 호법의 말대로 이것을 기회로 삼는 것이 좋겠습니다."

"공격을 하는 것입니까?"

단혼마객이 물었다.

"예, 공격을 하지요. 계획보다는 시간이 당겨지겠지만 일은 훨씬 수월하겠네요."

"그런데 한백이 수운각에 남아 있을까? 세간에 이런 사단이 났는데 처소에 그대로 머물러 있을 것 같지는 않은데."

당곤이 혈사림주에게 향했던 시선을 그제야 거두며 말했다.

"그대로 머물러 있다면 좋은 것이고 없으면 없는 대로 천추세가를 유린하면 되는 겁니다. 어쨌든 예기치 않게 양동작전을 구사하게 되어 위험은 훨씬 줄어들게 되었습니다."

"그러게 말이다. 어쩌면 이렇게 때를 잘 맞춘 것인지."

당곤이 혈사림주의 등장에 받았던 충격에서 어느 정도 벗어난 것인지 클클대며 맞장구를 쳤다.

"자, 가죠. 하늘, 아니, 혈사림주가 애써 만들어준 기회를 헛되이 날릴 수는 없으니까요."

유대웅이 환히 웃으며 북문으로 내달리기 시작하자 당곤과 단혼마객, 율인, 팽염 등이 질세라 따라붙고 그들의 맨 후미에 불사완구로 변해 버린 소면살왕이 무표정한 얼굴로 뒤따랐다.

巫山三峽

第五十章

지옥(地獄)에서의 귀환(歸還)

"무슨 소란이냐?"

급변하는 반상의 변화를 읽어내기 위해 고민을 거듭하고 있던 한백은 주변의 소란스러움에 집중력이 흐트러지자 벌컥 화를 냈다.

그 모습을 본 모대원이 껄껄 웃으며 말했다.

"그럴 만한 이유가 있으니 그런 것이겠지. 뭘 그리 화를 내나?"

한백에 비해 한결 여유로운 모습이 이번 바둑도 그가 유리한 쪽으로 흐르는 것 같았다.

모대원의 말이 끝남과 동시에 한 사내가 방 안으로 뛰어들어왔다.

수운각의 호위를 책임지고 있는 천위영 부영주 백인(栢麟)의 굳은 얼굴을 본 한백과 모대원은 뭔가 심상치 않은 일이 벌어지고 있음을 직감할 수 있었다.

"무슨 일이냐?"

같은 질문이었지만 조금 전 질문과는 어감 자체가 달랐다.

"침입자가 있습니다."

"침입… 자?"

한백이 어이가 없다는 표정으로 되물었다.

천추세가가 무림에 모습을 드러내고 수없이 많은 간자가 천추세가의 담장을 넘었지만 천위영의 부영주나 되는 인물이 지금처럼 심각한 표정으로 언급한 적은 단 한 번도 없었기 때문이었다.

그랬기에 한백의 반문엔 고작 간자 따위에 이 소란을 떠는 것이냐는 듯한 질책이 섞여 있었다.

하지만 이어진 백인의 대답은 한백이 사태의 심각성을 전혀 깨닫지 못하고 있음을 알게 해주었다.

"정문이 뚫렸습니다."

"뭐라? 정문이 뚫려!"

한백이 벌떡 일어났다.

모대원의 표정도 딱딱하게 굳었다.

"있을 수 없는 일이다. 감히 누가 본가의 정문을 뚫을 수 있단 말이냐?"

실로 광오한 말이었지만 장강이북을 평정하고 무림제패를 눈앞에 둔 천추세가의 큰 어른으로서 당연히 내뱉을 수 있는 말이었다.

"방금 침입자라고 했다. 하면 홀로 정문을 뚫었다는 것이냐?"

모대원이 차분히 물었다.

"처음엔 혼자였습니다만 그를 따르는 무리들이 있었습니다."

"숫자가 얼마나 되느냐?"

"열 명 남짓입니다."

"허!"

한백과 모대원이 서로를 마주보며 탄성을 내뱉었다.

무모한 도전에 대한 찬탄의 의미도 있었고 감히 천추세가를 얕본 것에 대한 은은한 분노도 깔려 있었다.

"대체 어떤 놈들이 그런 미친 짓을 한단 말이냐?"

한백이 분노로 가득한 음성으로 물었다.

"정확히 확인되지 않았습니다만 뒤늦게 무리를 이끌고 나타난 자가 혈영노괴라는 보고가 들어왔습니다."

"혈영노괴? 혈영노괴라면 혈사림의 장로가 아니더냐?"

전혀 상상도 할 수 없는 인물이 거론되자 한백은 자신도 모르게 가슴이 뛰는 것을 느낄 수 있었다.

애써 뛰는 가슴을 진정시키며 물었다.

"혈영노괴는 당시 천룡쟁투에 참석했던 혈사림주를 호종한 것으로 알고 있다. 맞느냐?"

"그렇습니다."

"혈사림주와 함께 실종된 것으로 알려진 그가 나타났다는 것은 혈사림주도 함께 왔을 가능성도 있는 것. 혹 혈영노괴에 앞서 정문을 뚫었다는 자가 혈사림주더냐?"

"역시 확인되지 않고 있습니다만 혈사림주가 아닐 가능성이 크다고 봅니다."

"어째서?"

"혈영노괴를 알아보는데 혈사림주를 알아보지 못한다는 것은 있을 수 없는 일이니까요. 무엇보다 혈사림주는 실종될 당시 은환살문 문주님의 손에 단전이 파괴되는 치명상을 당했습니다. 회복될 가능성 자체가 희박할뿐더러 설사 회복을 한다고 하더라도 이토록 빠른 시간에 회복한다는 것은 있을 수 없는 일입니다."

"음. 그도 그렇구나."

수긍하는 한백에 비해 모대원은 의구심을 풀지 않았다.

"네 말이 맞기는 하다만 놈들이 저토록 무모하게 달려들 수 있는 데에는 그만한 이유가 있다고 본다."

모대원이 한백을 향해 고개를 돌렸다.

"혈사림주일 가능성을 절대 무시해선 안 되네."

"확인을 해보면 알게 되겠지. 그리고 설사 혈사림주라고 하더라도 상관없네. 제 딴에는 복수를 해보겠다고 본가를 가주와 세가의 주력이 없는 틈을 노린 것이겠지만 어림없는 짓이지. 곧 본가가 그리 만만한 곳이 아님을 뼈저리게 느끼게 될 것이네."

한백이 의복을 제대로 갖추자 모대원도 자리에서 일어났다.

"그냥 있게. 아직 판이 끝나지 않았네."

한백이 바둑판을 가리키며 말했다.

"허! 이런 상황에서도 바둑 얘기인가?"

모대원이 기가 찬다는 얼굴로 말했다.

"혈사림주든 누구든 오래 걸리지 않을 것이네. 곧 돌아올 터이니 조금만 기다리게. 그사이 노부를 곤란케 할 묘수(妙手)나 더 생각해 두게나."

"쯧쯧, 묘수는 자네에게 필요한 상황인 것으로 아는데."

"흥. 그건 두고 보면 알 것이고."

손을 휘휘 내저은 한백이 백인을 앞세우고 방을 나섰다.

홀로 남은 모대원은 차갑게 식은 찻잔을 홀짝이며 잠시 상념에 잠겼다.

한백이 말한 대로 묘수를 생각하기 위함은 아니었다.

기습도 아니고 대담하게 정문을 뚫고 들어온 상대가 과연 실종된 것으로 알려진 혈사림주일 것인지, 그리고 정말 그라면 대체 어떤 자신감으로 그런 행동을 한 것인지 여러 변수를 생각해 보는 것이었다.

생각은 길지 못했다.

한백이 수운각을 떠나고 반각도 되지 않은 시각, 수운각 주변에 묘한 분위기가 감지된 것이다.

"크악!"

날카로운 단말마를 시작으로 처절한 비명성과 함성, 병장기 부딪치는 소리가 들려왔다.

거칠게 문이 열리며 한백이 남기고 간 천위영에 속한 호위 하나가 뛰어들어왔다.

"적의 급습입니다."

이미 짐작하고 있던 모대원이 착 가라앉은 음성으로 물었다.

"수가 얼마나 되느냐?"

"다섯. 아니, 여섯입니다."

"음."

모대원의 입에서 깊은 침음이 흘러나왔다.

공격을 해온 적의 숫자가 생각보다 적었다.

가주가 자리를 비운 지금 수운각이 천추세가에서 어떤 의미를 지니고 있는지 모르지 않을 터.

그럼에도 고작 여섯이서 공격을 해왔다는 것은 그만큼 뛰어난 자들이라는 것을 의미했고 그것은 보고를 하는 호위의 질린 얼굴에서 역력히 느껴졌다.

"피하셔야 합니다."

호위가 다급히 외쳤다.

"그렇게 강하냐?"

"예, 일단 저지는 하고 있지만 언제 뚫릴지 알 수가 없습니다."

호위의 말이 끝나기가 무섭게 차가운 음성과 함께 한 유대웅이 모습을 보였다.

"저지를 한 게 아니라 하려고 시도를 한 것이겠지."

"헉!"

호위가 기겁을 하며 몸을 돌리고 모대원은 그의 등 뒤로 유대웅의 얼굴을 볼 수 있었다.

'저, 저자는! 그래. 기억이 난다.'

사사천교의 태사로 있을 때 먼발치에서 유대웅을 본 적이 있던 모대원의 눈동자가 마구 흔들렸다.

'아니, 그보다는 혈사림이 공격을 해온 것으로 아는데 어째서 이자가 여기에 나타난 것인가?'

궁금증이 절로 일었다.

"화산파의 청풍. 아니, 이제는 장강수로맹의 맹주라고 해야 하나?"

모대원이 자신을 알아보자 유대웅의 의외라는 얼굴로 그를 응시했다.

"어째서 그대가 이곳에 나타난 것이지?"

"굳이 얘기를 하지 않아도 알 것 같은데 말이오."

유대웅이 당연하지 않냐는 듯 피식 웃음을 터뜨리자 기회를 엿보던 호위가 득달같이 달려들었다.

"죽어랏!"

기세는 좋았지만 그를 기다린 것은 죽음뿐이었다.

사내의 몸이 벽을 뚫고 나가며 토해낸 피가 모대원의 옷을 적셨지만 유대웅에게 시선을 고정한 모대원은 눈 하나 깜짝하지 않았다.

모대원의 담담한 태도에 의외라는 표정을 지은 유대웅이 방 안을 휘 둘러보다 탁자 위에 놓인 바둑판을 보며 인상을 찌푸렸다.

"바둑판을 보니 금방까지 이곳에 있었던 모양이오. 이거야 원. 정작 주인은 떠나고 객이 혼자 있으니⋯⋯."

유대웅의 말에 모대원의 눈에서 이채가 일었다.

'역시 한백 그 친구를 노리고 왔군. 그 친구가 떠난 것을
다행이라 생각해야 하나?'

한백이 어느 정도의 무공을 지니고 있는지 모대원은 잘 알
고 있었다.

하지만 소문으로 접한 유대웅의 무공은 막강 그 자체였다.

언젠가 소숙이 오직 가주만이 그를 상대할 수 있을 것이라
했던 말도 기억이 났다.

"이곳에서 하겠소?"

유대웅이 여유롭게 물었다.

"꿩 대신 닭이란 말인가?"

모대원의 고소에 유대웅이 어깨를 으쓱이며 말했다.

"꿩을 대신해 둥지를 지키고 있을 정도면 그래도 닭 이상
은 될 것 아니오."

유대웅은 모대원의 정체를 알지 못했다.

하지만 한백과 마주앉아 바둑을 둘 정도면 천추세가에서
의 지위가 만만치 않으리라 여겼다.

그건 곧 제거해야 할 대상이라는 소리였다.

"나가지."

모대원이 방금 전, 목숨을 잃은 호위의 검을 집어 들었다.

유대웅은 모대원이 어떤 행동을 하든 전혀 의식하지 않고

등을 보이며 방을 나섰다.

그런 유대웅을 보며 모대원은 씁쓸히 웃고 말았다.

유대웅에게서 어떤 행동을 해도 감당할 수 있다는 그야말로 절대적인 자신감을 본 것이다.

밖으로 나온 모대원이 빠르게 주변을 훑었다.

유대웅과 만나는 그 짧은 사이 수운각 주변은 이미 깨끗하게 정리가 된 상태였다.

살아 있는 사람은 유대웅이 일행으로 보이는 다섯 명뿐이었다.

수운각을 지키던 나머지 호위들은 모두 차가운 주검이 되어 바닥에 쓰러져 있었다.

'곧 같은 처지가 되겠지.'

죽음을 예견했지만 어쩐지 두렵지 않았다.

마음 한편으로 편안하기까지 했다.

'허! 이 정도까지였던가. 이럴 줄 알았다면 차라리 그때 모든 것을 끝낼 것을.'

모대원은 사사천교에 대한 감정이 그 정도에 이르렀다는 것에 놀라며 검을 들었다.

그리곤 읊조리듯 말했다.

"천추세가의, 아니, 사사천교의 태사 모대원이라 하네."

"모조리, 모조리 죽여주마!"

핏빛으로 물든 적발이 사방으로 흩날리고 전신의 공력을 한껏 끌어올린 괴인이 왼발을 살짝 들어 땅에 내딛었다.

가벼워 보이는 발걸음이었지만 발에 실린 힘이 장난이 아니었다.

굉음과 함께 그를 중심으로 땅거죽이 뒤집히더니 무수한 파편이 허공으로 치솟아 올랐다.

괴인을 에워싸고 있던 천추세가의 무인들이 놀라 당황하는 사이 사이하게 웃은 혁련휘가 팔을 휘두르자 허공으로 치솟은 파편이 팔의 궤적을 따라 움직이기 시작했다.

괴인이 하는 행위에 위협을 느끼고 지켜만 봐서는 안 된다고 판단한 이관이 다급히 외쳤다.

"공격하랏!"

그의 음성이 끝나기도 전에 사방으로 비산하는 파편들.

괴인의 힘이 한껏 담긴 파편이 무시무시한 무기가 되어 주변을 휩쓸며 모두에게 치명상을 안기기 시작했다.

대다수가 비명도 제대로 내뱉지 못한 채 절명했고 겨우 목숨을 구한 이들 또한 상당한 부상을 피하지 못했다.

"크크크크!"

주변에 널브러진 시신들 사이에 우뚝 선 괴인이 섬뜩한 살소를 내뱉었다.

그런 괴인을 보며 천추세가의 무인들은 자신도 모르게 움츠러들었다.

두 눈에 담긴 것은 충격과 공포.

마치 괴물을 보는 듯한 착각에 몸이 얼어붙었다.

딱히 무기를 사용한 것도 아니고 화려한 몸놀림이나 초식을 보인 것도 아니었다.

괴인이 한 행동이라곤 그저 발을 한 번 내딛은 것과 팔을 휘저은 것뿐이었다.

그 단순한 동작에 스무 명에 가까운 동료가 목숨을 잃었으니 그들의 공포심을 이해 못할 바는 아니었다.

'이럴 수가!'

정문 수비를 책임지고 있는 이관은 눈앞에 펼쳐진 광경에 아연실색했다.

비록 천추세가의 주력의 대부분은 세가를 떠난 상태였지만 그렇다고 수하들의 실력이 형편없는 것은 아니었다.

천추세가 내에서야 다소 부족할지 몰라도 무림의 그 어떤 문파의 제자들과 견주어도 부족한 실력은 아니라고 자부할 정도였다.

게다가 천추세가의 일원이라는 자부심은 실력 그 이상의 힘을 내게 만드는 원동력이었다.

그런데 단 한 사람에게 모든 것이 무너지고 말았다.

그는 천추세가라는 이름에, 그리고 압도적인 병력 차이에 주눅 들지 않았다.

오히려 오연하게 웃으며 그 모든 자부심을 하찮은 것을 만들어 버렸다.

'대체 어디서 이런 괴물이 나왔단 말인가!'

이관은 어찌해야 할지 판단이 서지 않았다.

침입한 적은 당연히 막아야겠지만 이미 그가 부리는 수하들의 칠 할이 목숨을 잃었다.

그것도 치열한 교전을 통해서가 아니라 변변한 대항도 해보지 못한 채 너무도 허무하게 무너지고 말았다.

남은 병력을 동원해서 공격을 한다고 해봐야 촌각도 버티지 못할 것이 뻔했다.

그건 그저 수하들을 사지로 몰아넣는 것밖에 되지 않았다.

그렇다고 눈앞의 적을 두고 그냥 물러날 수도 없는 노릇이었다.

이관이 초조한 눈빛으로 내원 쪽을 힐끗거렸다.

지금쯤이라면 연락은 받은 이들이 달려올 때가 되었건만 아직까지 지원군은 전무했다.

아니, 일부 도착하기는 했다.

하지만 그들은 괴인의 뒤를 따라 들이친 혈영노괴와 그의 수하들에게 막힌 상태였다.

'젠장 언제까지 기다려야 한단……'

참담하게 일그러졌던 이관의 안색이 활짝 펴진 것은 엄청난 속도로 달려오는 두 노인과 그들을 따르는 무수한 무인들을 본 직후였다.

"아! 대장로님!"

선두에 선 노인이 대장로 양조쾽임을 확인한 이관이 감격에 찬 어조로 소리쳤다.

바로 그때, 등 뒤에서 살기 가득한 음성이 들려왔다.

"가소롭군."

기겁하며 몸을 틀던 이관의 몸이 그대로 굳었다.

눈 깜짝할 사이에 접근하여 이관의 목줄기를 틀어쥔 괴인이 붉게 충혈 된 눈을 들이대며 웃었다.

"저 늙은이들이 본좌를 막을 수 있다고 생각하는 것이냐?"

"으으으."

이관의 입에서 괴이한 신음이 흘러나왔다.

대답을 하고 싶어도 할 수 없었다.

괴인의 손 안에서 바둥거리는 이관의 얼굴이 창백해지기 시작하더니 어느 순간 흙빛으로 변하며 피부 전체가 바싹 말라가기 시작했다.

"멈춰랏!"

노호성과 함께 양조쾽이 뿌린 검기가 괴인을 노리며 접근했다.

슬쩍 몸을 튼 괴인이 검기를 향해 이관의 몸을 던졌다.

양조굉이 다급히 검기를 틀었지만 검기는 이미 이관의 몸을 훑고 지나간 상태였다.

"아!"

이관은 단 한마디의 비명도 없이 숨이 끊어졌고 양조굉은 자신의 실수를 자책했다.

"크크크. 눈물겹군."

괴인의 입에서 차디찬 비웃음이 흘러나왔다.

"네놈은 누구냐? 혈사림의 개더냐?"

양조굉이 분노 가득한 음성으로 물었다.

혈영노괴의 존재를 확인한 양조굉은 괴인 역시 혈사림의 인물이라 단정 짓고 있었다.

"본좌에게 혈사림의 개라. 크크크! 어쩌면 맞는 말일 수도 있겠군. 그러는 늙은이는 천추세가의 개겠고."

"닥쳐랏!"

양조굉의 분노가 하늘을 찌를 때 염단이 그의 팔을 잡았다.

"흥분하지 말게. 놈이 노리는 것이 바로 그것이니. 자칫하면 낭패를 볼 수도 있음이야."

"음."

염단의 말대로 자신이 너무 흥분하고 있다고 느낀 양조굉이 차분히 호흡을 가다듬었다.

"그런 얕은 수를 쓸 본좌가 아니다. 쓸데없는 소리 하지 말고 덤벼라."

괴인이 가소롭다는 듯 비웃으며 두 사람을 도발했다.

"건방진!"

양조괴이 검을 내질렀다.

"파스스스!"

날카로운 파공성을 내며 짓쳐 드는 검기에 코웃음을 친 괴인이 팔을 뻗었다.

손끝에서 흘러나온 붉은 기류가 검기와 충돌했다.

꽈꽝!

붉은 기류가 양조괴이 발출한 검기를 흔적도 없이 소멸시켰다.

"허!"

지켜보던 염단의 입에서 경악에 가까운 탄성이 터져 나왔다.

천추세가에 도발을 해올 정도면 결코 범상치 않은 상대라는 것을 알고는 있었지만 설마하니 양조괴의 공격을 그토록 쉽게 무력화시킬 줄은 상상도 하지 못했다.

물론 양조괴이 처음부터 전력으로 부딪친 것은 아니겠지만 그건 상대도 마찬가질 터.

불길한 느낌이 가슴 한편을 짓눌렀다.

염단과 마찬가지로 양조굉 또한 무척이나 당황한 눈치였다.

단 한 번의 충돌임에도 상대의 역량을 능히 짐작할 수 있었다.

'도대체 누구냐? 혈사림에 아직도 이만한 고수가 남아 있었단 말인가?'

하지만 괴인은 그에게 생각할 여유 따위를 주지 않았다.

어느새 코앞까지 육박한 괴인이 손에서 양조굉 검기를 무력화시킨 붉은 기류가 뿜어져 나왔다.

이미 그것의 위력을 똑똑히 확인한 바, 양조굉은 한 치의 방심도 없이 전력을 다해 검을 휘둘렀다.

처음엔 어찌어찌 버텨냈지만 부딪치면 부딪칠수록 조금씩 밀리기 시작했다.

검을 통해 전해지는 압박감도 장난이 아니었다.

'이런 강함이란!'

숨이 턱턱 막혀왔다.

충돌의 여파도 여파지만 전신을 옥죄어오는 기운에 이상하게 몸이 움직이지 않았다.

마치 거미줄에 걸린 먹잇감처럼 모든 움직임이 괴인의 시선 아래에 있는 듯한 느낌이었다.

'좋지 않다. 이건 대체……'

괴인의 공세에 연거푸 뒷걸음질 치는 양조굉의 표정이 참담하게 일그러졌다.

보다 못한 염단이 양조굉을 돕기 위해 나섰다.

설마하니 천추세가의 대장로와 일대일로 싸우는 중에 합공이 들어올 것이라곤 전혀 생각하지 못했는지 괴인은 염단의 공격에 속수무책이었다.

염단은 눈 깜짝할 사이에 괴인의 옆구리를 파고드는 데 성공했다.

아무런 반응도 하지 못한 상대의 모습에 부끄러워진 것인지 장력에 실린 힘이 조금은 약해졌다.

하지만 그것은 괴인의 역량을 잘못 판단한 오산이었다.

괴인은 염단의 기습을 막지 못한 것이 아니라 막지 않은 것이다.

염단의 손에서 뻗어 나간 장력이 괴인의 몸에 작렬하는 순간, 괴인의 몸에서 뿜어져 나온 반탄강기에 의해 공격했던 염단의 몸이 그대로 튕겨져 나갔다.

"우웨에엑!"

간신히 몸을 일으킨 염단이 허리를 꺾으며 피를 토해냈다.

붉다 못해 검게 변한 피는 그가 생각보다 심각한 내상을 당했음을 보여주는 것이었다.

"이, 이런 말도 안 되는!"

천추세가의 장로로서 기습을 했다는 자괴감에 손속에 다소 인정을 두었다.

막을 엄두를 내지 못했기에 다소 방심도 했다.

그렇다고 하더라도 이토록 무시무시한 반탄강기는 대체 뭐란 말인가!

염단은 도저히 이해할 수 없다는 얼굴로 양조굉을 몰아붙이고 있는 괴인을 바라보았다.

공격이 성공하는 순간, 순식간에 괴인의 몸을 휘감고 자신의 장력을 무력화시키는 것도 부족해 치명적인 내상까지 안겨 준 혈기는 이미 사라진 상태였다.

'일대일은 안 돼. 막아야 한다.'

직접 상대하고 있는 양조굉 또한 느끼고 있겠지만 기습을 했다가 낭패를 본 염단은 괴인의 실력을 보다 정확하게 파악할 수가 있었다.

자신들은 분명 괴인의 상대가 될 수가 없었다.

무모한 만용은 치명적인 결과가 되어 돌아올 터.

자존심 때문에 머뭇거렸다간 최악의 결과를 보게 될 수도 있었다.

"공격하랏!"

염단이 목이 터져라 소리쳤다.

그렇잖아도 불안한 눈빛으로 싸움을 지켜보던 천추세가의 무인들이 양조굉을 돕기 위해 나섰다.

그럴 줄 알았다는 듯한 발 물러선 괴인이 오만한 웃음을 터뜨렸다.

"크하하하! 오너라. 모조리 지옥으로 보내주마."

어느 순간, 그의 몸을 중심으로 맹렬히 회전하는 핏빛 고리가 생겨났다.

괴인은 자신을 공격하는 자들을 굳이 막으려 하지 않았다.

마음껏 공격을 하라는 듯 그저 눈앞에 있는 양조굉에게만 시선을 고정시키고 있을 뿐이었다.

"크어억!"

최초 괴인을 공격했던 자의 검이 무참히 박살 나고 반탄력에 의해 그대로 튕겨져 나가며 숨이 끊어졌다.

사방에서 밀려들던 무기와 암기들 또한 아무런 효과도 없었다.

공격이 강하면 강할수록 그들에게 향하는 반탄력은 강해졌고 그 누구도 피해내지 못했다.

눈 깜짝할 사이에 공격을 감행했던 십여 명이 치명적인 부상을 당하고 쓰러지자 저마다 눈치를 보며 공격하기를 주저했다.

그것이 마음에 들지 않았는지 양조굉만을 견제하던 괴인

이 사방으로 혈기를 뿌리기 시작했다.

　사방 십여 장을 뒤덮은 거대한 붉은 기류에 주변이 초토화되기 시작했다.

　혈기와 접촉한 모든 사물이 산산조각이 나며 흩어지고 미처 피하지 못하고 휘말린 천추세가의 무인들의 몸뚱이는 갈가리 찢겨 형체를 알아볼 수 없을 만큼 처참한 몰골로 변했다.

　"괴, 괴물!"

　간신히 목숨을 구한 이들의 눈에 죽음보다 더한 공포가 어렸다.

　"괴물? 맞는 말이다. 네놈들이 바로 그렇게 만들었지."

　사악한 웃음과 함께 괴인의 몸이 본격적으로 움직이기 시작했다.

　"피, 피해!"

　누군가가 외쳤다.

　안타깝게도 그가 가장 먼저 목숨을 잃었다.

　사내의 목을 뽑아든 괴인이 광오하게 소리쳤다.

　"도망칠 수 있으면 재주껏 도망쳐 봐라. 모조리, 모조리 죽일 것이다!"

　그것이 시작이었다.

　괴인의 손에 들린 사내의 머리가 박 터지듯 터져 나가고 천추세가 무인들이 그것을 인지했을 땐 그는 이미 또 다른 목표를 행해 살수를 뿌리고 있었다.

아무도 피하지 못했다.

그저 아무렇게나, 닥치는 대로 휘두르는 단순한 공격에 무림제패를 노린다는 천추세가의 무인들이 속절없이 쓰러졌다.

괴인이 쓸고 지나가는 곳마다 사지가 절단 나고 몸이 터져 나가는 자들이 부지기수였다.

고통스런 비명과 신음을 내뱉기도 전에 숨이 끊어지고 남은 육체마저 철저하게 유린당했다.

양조굉과 염단 등이 괴인을 막기 위해 최선을 다했지만 괴인은 그들의 공세를 적절히 막아가며 더욱 무지막지한 살수를 휘둘렀다.

괴인의 주변은 시산혈해, 그야말로 지옥도가 만들어졌다.

"크하하하하!"

천추세가를 뒤흔드는 광소에 양조굉과 염단, 그리고 천추세가의 무인들은 분노를 넘어 무렴감과 절망감에 사로잡혔다.

바로 그때였다.

그 누구의 공격에도 거침없던 괴인이 갑자기 몸을 날렸다.

팍! 팍! 팍!

거의 동시에 날아든 청광이 그가 있던 자리에 작렬했다.

괴인의 얼굴에 짙게 드리웠던 웃음기가 처음으로 사라졌다.

만약 본능적으로 몸을 피하지 않았으면, 비록 천하제일의 호신강기를 몸에 두르고 있다고 하더라도 큰 피해를 봤을 것이란 생각이 들었다.

괴인의 시선이 뒤쪽으로 향했다.

천추세가의 내원에서 양조굉과 염단이 이끌고 온 인원보다 더 많은 숫자가 달려오고 있었다.

그 정면에서 달려오는 노인을 발견한 괴인이 새하얗게 웃었다.

"호오. 누군가 했던 천추세가의 큰 늙은이였군."

절로 오금을 저리게 만드는 듯한 섬뜩한 살소에 한백의 눈동자가 크게 흔들렸다.

"혈영노괴가 나타났다기에 혹시나 했건만 정말 혈사림주라니!"

능위는 아무도 알아보지 못한 자신의 정체를 한백이 한눈에 간파하자 조금은 놀라는 눈치였다.

"늙은이라 그런지 눈썰미가 제법이군. 본좌를 알아보다니. 제법 많이 바뀌었는데 말이야."

능위가 얼굴을 가리고 있는 적발을 쓸어 넘기며 말했다.

반쯤 뭉개진 얼굴에 급격한 노화가 온 것인지 주글주글해진 피부는 팔십 노인의 것이라고 해도 과언이 아닐 정도였다.

과거 삼십대의 젊음을 유지했던 능위의 모습과 비교해 보면 그야말로 천지차이였다.

스스로 혈사림의 림주라 인정한 능위의 말에 그의 정체를 알아본 한백을 제외한 모든 이가 소스라치게 놀랐다.

더불어 그 믿지 못할 강함이 비로소 이해가 갔다.

"살아 있었군. 단전이 파괴되고 폐인이 되었다고 하던데."

"그랬지. 네놈들 덕분에."

"목숨을 부지했으면 고맙게 여기가 그저 숨죽이고 살아야 했다."

"그럴 수야 없지. 원한은 백배 천배로 갚아주는 것이 본좌의 신조라 말이야. 게다가 이제는 본좌의 원한만이 아니지. 덜 떨어진 놈들이기는 하지만 그래도 충실한 수하들이 많았던 혈사림이거든."

능위는 천추세가에 의해 혈사림이 완전히 무너진 것을 알고 있는 듯했다.

"어리석은 놈. 복수란 그만한 힘이 있는……."

한백의 말이 뚝 끊어졌다.

그제야 능위에게 집중하느라 미처 살피지 못한 주변의 수많은 시신이 눈에 들어왔다.

얼마나 심하게 손을 쓴 것인지 아무렇게나 널브러진 시신 중 제대로 형체를 유지한 것이 거의 없었다.

"네, 네놈이 감히 본가에……."

한백은 차마 말을 잇지 못했다.

저 밑에서부터 치밀어 오르는 분노로 인해 얼굴이 시뻘겋게 달아올랐다.

그런 한백을 가소롭게 바라보던 능위의 입가에 조소가 지어졌다.

"감히? 그건 본좌가 할 말이다."

늘어졌던 적발이 서서히 흔들리기 시작했다.

"애당초 네놈들은 본좌를 건드리지 말아야 했다."

능위의 전신에서 폭발적인 기운이 뿜어져 나왔다.

"원한은 백배, 천배로. 지금 이 순간 이후, 천추세가와 관련된 모든 것은 본좌의 손에 의해 말살될 것이다."

능위의 선언에 천추세가는 무수한 화살로 답했다.

쉬쉬쉬쉭!

어둠을 가르며 사방에서 화살이 쏟아졌다.

능위의 몸이 즉시 반응했다.

빠르게 몸을 회전시키며 하며 자신에게 접근하는 화살을 모조리 낚아챈 능위가 회전력을 이용하여 낚아챈 화살을 사방으로 뿌렸다.

능위의 손을 떠난 화살은 방금 날아오던 속도와는 비교도 되지 않을 정도로 엄청난 속도로 폭사되었다.

화살 하나하나에 능위의 엄청난 내력이 담겨 있다 보니 막아내기도 여간 부담스러운 것이 아니었다.

"피해랏!"

한백의 입에서 다급한 외침이 터져 나오고 천추세가의 무인들은 역으로 되돌아온 화살을 피하기 위해 미친 듯이 움직여야 했다.

하지만 화살의 속도가 워낙 빨라 상당한 피해를 당했으니 고통스런 비명성과 쓰러지는 자의 수가 십여 명이 넘었다.

화살을 되돌려준 능위가 만족한 표정을 짓고 있을 때 삼십 정도의 무인들이 재빨리 그를 포위했다.

다름 아닌 백인과 그가 부리는 천위영의 호위들이었다.

"눈빛들이 제법 살아 있구나. 뽑아버리기에 참 좋은 눈들이야."

능위가 긴장된 표정이 역력한 천위영을 보며 스산한 웃음을 흘렸다.

궁지에 몰린 먹잇감을 바라보듯 탐욕스런 눈길로 천위영을 노려보던 능위가 막 공격을 시작하려는 찰나 한백의 신형이 허공으로 도약했다.

한백이 전력을 다해 공격을 해오자 제아무리 능위라고 하더라도 천위영에 대한 욕심은 버려야 했다.

그것을 신호로 능위에 대한 합공이 시작됐다.

한백을 포함하여 능위를 공격하고 있는 인원은 모두 넷으로 천추세가를 지키고 있던 원로, 장로들이었다.

한백은 비록 자부심과 자존심이 강한 인물이었지만 그렇다고 쓸데없는 만용을 부리는 어리석음을 범하진 않았다.

그는 무림십강이자 혈사림의 림주인 능위의 실력을 확실하게 인정을 했다.

천추세가의 모든 실력자가 모였다고 해도 단독으로 그를 상대할 수 있는 사람은 가주와 근래 들어 새로운 경지에 발을 내딛은 철검서생 정도에 불과하다고 판단하여 체면불구하고 합공하기로 결정한 것이다.

한백의 등장으로 한시름 놓은 양조광의 시선이 혈영노괴 등에게 향했다.

능위에 비할 바는 아니나 혈영노괴와 그가 이끄는 얼마 되지 않는 적들의 공세도 만만치 않았다.

특히 검신이 초승달처럼 휘어진 검을 사용하는 사내의 무공이 실로 놀라울 정도였는데 무리를 이끄는 수장은 혈영노괴일지 몰라도 실력만 따지자면 오히려 혈영노괴를 능가하는 것 같았다.

"바로 그놈이군. 혈영노괴와 함께 정신을 잃은 혈사림주를 업고 탈출했다는 놈이."

양조굉의 뇌리에 능위의 단전을 박살 내고 목숨을 취하려하였지만 결국 실패하고만 말았다던 은환살문 문주의 말을 떠올렸다.

"확실히 대단한 놈이군. 이제 서른 남짓한 놈의 무공이⋯⋯."

양조굉의 입에서 절로 감탄성이 터져 나왔다.

피아를 떠나 천위영의 공세 속에서도 전혀 당황하지 않고 오히려 거들을 몰아치는 사내, 능위의 숨은 그림자 사암의 실력은 그만큼 대단했다.

스무 명의 천위영이 내뿜는 살기가 보통이 아니었지만 그는 전혀 위험을 느끼지 않는 듯 여유롭기만 했다.

"감당할 수 있겠는가?"

양조굉이 염단에게 물었다.

잠시 생각을 하던 염단이 고개를 흔들었다.

"성한 몸으로도 버거운 놈일세. 부상을 당한 상태로 어찌해 볼 상대가 아니야."

"그도 그렇군."

이해한다는 얼굴로 동의를 하던 양조굉의 눈동자가 갑자기 커졌다.

천위영을 공격하는 사암을 향해 다가가는 한진을 확인한

것이다.

한진의 안전을 위해 다급히 말리려던 양조굉이 조용히 입을 다물었다.

한진의 뒤, 천추세가의 식객이자 몰락한 낙성검문과 돈독한 인연을 쌓고 있던 두 명의 중년인이 뒤따르고 있었기 때문이었다.

"뇌력부(振天斧)와 풍운검(風雲劍)이라면 문제될 것이 없겠지."

"오히려 과하지. 한시름 놓았군."

염단이 어깨에 거대한 도끼를 턱 걸치고 걸음을 옮기는 뇌력부 온창(溫彰)과 진중한 자세의 풍운검 도연(都衍)의 모습에 한결 밝은 표정을 지었다.

식객청에서 철검서생을 제외하면 가장 강한 두 사람이었다. 그리고 낙성검문이 사라진 지금 한진의 가장 든든한 우군이기도 했다.

"하면 노부는 저 노물만 신경 쓰면 된다는 말이군."

양조굉이 전신을 피로 물들은 혈영노괴를 바라보며 말했다.

"하려는가?"

"언제고 상대를 해보고 싶은 자였네."

"혈영노괴를 상대할 사람은 많네."

염단이 주변을 가리키며 말했다.

능위를 협공하는 이들을 제외하고도 이미 주변엔 십수 명의 원로와 장로, 호법들이 몰려와 있었다. 시간이 흐르면 그 수는 더 늘어날 것이다.

"그렇긴 하지만 양보하기가 싫군."

양조굉이 고개를 저었다.

"내 직접 경험해 본 것은 아니나 혈무광천폭이 어떤 무공인지 익히 들어 알고 있네. 결코 방심해서는 안 될 것이야."

염단이 염려가 가득 담긴 음성으로 말했다.

양조굉이 비록 천추세가의 대장로라는 지위에 올라 있지만 연배가 높아서 그런 것이지 장로들 중에서 특출 나게 무공이 뛰어나서 그 자리에 오른 것은 아니었다.

그에 반해 혈영노괴는 적자생존이 법칙이 철저한 혈사림에서 손꼽히는 고수다. 결코 승부를 장담할 수가 없었다.

"아직 죽을 생각은 없네."

양조굉의 말을 들은 염단은 한시름 놓았다.

그의 말속에서 목숨을 걸고 이기겠다는 각오가 아니라 위험한 상황이오면 언제든지 몸을 뺄 생각임을 확인했기 때문이었다.

"그렇다면야 별로 걱정할 일은 없겠군. 건투를 비네."

염단이 주먹을 불끈 쥐며 양조굉을 격려했다.

순식간에 북문을 부수고 수운각마저 무너뜨린 유대웅은 일행은 이후, 별다른 방해도 받지 않고 천추세가를 헤집고 다녔다.

처음 천추세가를 노린다는 말을 들었을 때, 목숨을 걸어야 한다고 했을 때의 떨림과 긴장감은 이미 사라지고 없었고 이제는 다들 한바탕 멋들어지게 싸우기를 바랄 정도였다.

"이거 생각보다 일이 너무 쉽군요."

단혼마객이 실망 어린 표정으로 말했다.

"그만큼 정문에서의 싸움이 치열하다는 것이겠지."

당곤이 정문 쪽을 바라보았다.

"예, 대부분의 병력이 정문으로 향하고 있습니다."

"우리가 워낙 빠르게 치고 들어와서 연락이 제대로 닿지 않은 이유도 있을 겁니다."

유대웅의 말에 율인이 동의를 표했다.

"그렇습니다. 지키는 놈들은 물론이고 안쪽으로 연락을 취하려던 전령들까지 모조리 제거했으니까요."

"그래도 수운각이 무너졌음에도 이렇게 아무런 반응이 없을 줄은 몰랐습니다. 현재 천추세가에서 어쩌면 가장 중요한 곳이라고 할 수 있는데요."

팽염의 실망스런 음성에 당곤이 너털웃음을 지었다.

"주인이 자리에 없기 때문이겠지. 만약 한백이 수운각에 있었다면 그리 쉽게 수운각을 무너뜨리지는 못했을 게다. 그리고 이렇게 마음껏 돌아다닐 수도 없었을 것이고. 아, 그래도 대어를 잡기는 했지."

당곤이 유대웅을 향해 고개를 돌렸다.

"설마하니 사사천교의 태사가 수운각에 있을 줄은 몰랐습니다. 전혀 생각지도 못한 일이었지요."

"따지고 보면 지난날, 사사천교에서 벌인 모든 일의 시작은 바로 태사와 천추세가로부터였다. 특히 피해를 본 화산파로선 불구대천의 원수와 다름없지. 허허! 한백을 잡으러 왔다가 엉뚱하게도 사문의 복수를 하게 되었구나."

"그러게요."

그런데 복수를 완성한 유대웅의 표정이 그리 밝지는 않았다.

목숨을 잃는 순간 회환에 잠긴 태사의 얼굴이, 그리고 천추세가가 아닌 사사천교를 언급하며 내뱉던 그의 탄식이 자꾸만 마음에 걸렸기 때문이었다.

그런다고 해서 태사의 행동이, 사사천교의 만행이 정당화되고 희석되는 것은 결코 아니었으나 어쩌면 태사 또한 한 사람의 희생자일 수도 있다는 생각이 들었다.

그렇게 상념에 빠져 있는 동안 정문 가까이 도착한 일행은 정문을 한눈에 내려다볼 수 있는 건물 지붕으로 올라갔다.

"역시 모두 이곳에 몰려 있었군."

율인이 신음 섞인 말을 내뱉었다.

그랬다.

정문을 중심으로 족히 삼백은 넘어 보이는 천추세가의 무인들이 침입자들을 완벽하게 에워싸고 있었다.

그 포위망 안에 눈으로 보고도 믿기지 않을 혈투가 벌어지고 있었다.

싸움은 모두 세 곳에서 벌어지고 있었는데 우선 가장 눈에 띄고 치열한 곳은 능위와 그를 쓰러뜨리기 위해 한백을 비롯한 천추세가의 노고수들이 필사적으로 합공을 가하는 싸움이었다.

사암과 뇌력부, 풍운검 천추세가의 두 식객이 벌이는 싸움도 치열하기는 만만치 않았다.

팔이 부러진 것인지 왼쪽 팔을 축 늘어뜨린 상황에서도 조금도 지치지 않고 연신 도끼를 휘둘러대는 뇌력부와 이에 호응이라도 하듯 사암의 허점을 집요하게 파고드는 풍운검의 연수합격에 사암의 전신은 이미 피로 물들어 있었다.

그럼에도 여전히 빠른 몸놀림과 날카로운 반격으로 상대의 간담을 서늘케 하는 사암의 기세 또한 조금도 수그러들지 않았다.

마지막 싸움은 거의 승패가 갈렸다고 해도 과언이 아니었다.

양조굉을 맞아 자신의 명성이 헛된 것이 아님을 똑똑히 증명한 혈영노괴는 비틀거리며 물러난 양조굉에 이어 또 다른 장로를 상대하는 중이었다.

혈영노괴는 혈무광천폭이라는 막강한 무공을 앞세워 처음엔 승기를 잡는 듯했으나 양조굉을 패퇴시키며 얻은 부상에 발목이 잡혀 오히려 패색이 짙었다.

혈무광천폭이 위력이 강력한 만큼 막대한 내력을 소모한다는 약점도 크게 작용했다.

"저놈이 능위라 보느냐?"

당곤이 능위를 가리키며 물었다.

"예, 모습은 다소 변한 것 같은데 그만의 기운은 사라지지 않았습니다. 혈사림주가 틀림없습니다."

유대웅이 능위가 내뿜는 특유의 기세를 재차 확인하곤 고개를 끄덕였다.

"하긴, 혈사림주 정도 되는 놈이니 저런 신위를 보일 수 있겠지. 그나저나 혈영노괴도 많이 늙었군. 저리 약한 늙은이가 아니었는데."

당곤이 연신 수세에 밀리며 비틀거리는 혈영노괴를 보며 혀를 찼다.

"제아무리 혈영노괴라도 저 많은 상대로는 무리겠지요. 다른 곳도 아니고 천추세가입니다. 그렇게 따졌을 때 저자는 정말 괴물입니다."

단혼마객이 천추세가의 노고수들에게 협공을 당하면서도 여전히 힘이 넘치는 능위를 가리키며 혀를 내둘렀다.

단혼마객은 지금 능위를 공격하는 노고수들이 한백을 제외하곤 이미 한차례 바뀌었다는 것을, 처음 공격에 참여했던 인원 중 두 명이 절명을 하고 다른 한 명마저 치명적인 부상을 당했다는 것을 알지 못했다.

만약 그 사실을 알았다면 지금처럼 단순히 놀라는 정도가 아니라 아예 경악을 금치 못했을 것이다.

"역부족입니다. 혈사림주가 강한 것은 틀림없으나 상대도 약자는 아닙니다. 아니, 상대적으로 약해 보일 뿐이지 천하를 호령해도 부족할 강자들처럼 보입니다. 결국 쓰러지는 것은 혈사림주가 될 것입니다."

유대웅이 능위와 그에게 협공을 퍼붓는 자들을 면밀히 살피며 말했다.

"아닌 게 아니라 조금씩 밀리는 것이 눈에 보이는군."

싸움을 지켜본 지 대략 반각여, 확연히 드러난 정도는 아니었지만 미세하나마 전세가 기울고 있다는 것이 느껴졌다.

"그런데 혈사림주는 어째서 이런 무모한 싸움을 시작한 것일까요? 정상적인 사고를 지녔다면 결코 벌일 수 없는 싸움이었습니다."

팽염은 아무리 생각해도 이해가 되지 않는다는 얼굴이었다.

"글쎄. 원래 저자가 정상적인 사고로 판단하기 힘든 인물이기는 하지. 괴팍하기로 유명하기도 했고."

당곤의 말에 유대웅이 가볍게 미소를 지었다.

"아무리 괴팍하다고 하더라도 자기 목숨을 담보로 도박을 하지는 않습니다. 분명 이유가 있을 겁니다."

"그래? 하면 어떤 이유라고 생각하느냐?"

당곤이 고개를 갸웃거리며 물었다.

"가장 먼저 생각해 볼 것은 아마도 천추세가의 전력에 대한 착오가 있었을 것 같습니다. 그건 저희도 마찬가지입니다. 천추세가 내부에 대략 삼, 사백 정도의 병력이 있다는 것은 알고 있었지만 고수들이 저리 많이 남아 있을 줄은 몰랐으니까요. 수없이 많은 정보원을 희생시켜 가며 얻은 정보도 오류가 있었는데 모든 기반이 무너진 혈사림주가 얻은 정보엔 분명 한계가 있을 것입니다. 그리고 그것이 그로 하여금 오판을 하게 한 이유가 될 것이고요. 또한 혈사림주가 실종된 이후, 혈사림은 천추세가로부터 두 번이나 공격을 당했습니다. 첫 번째는 어찌어찌 막을 수 있었지만 결국 두 번째 공격에서 완전히 무너지고 말았지요."

"복수심에 사로잡혔다는 것이냐?"

"예, 거기에 개인의 복수심까지 깃들어져 있을 겁니다. 단전이 파괴되어 목숨을 잃었다고 알려진 혈사림주가 그 짧은 시간 동안 부상을 극복하고 저토록 막강한 모습으로 나타나기까지 얼마나 많은 고통과 노력을 했을지 감히 상상도 되지 않습니다. 살아 있다는 것 자체가 지옥이었겠지요."

"음."

상상만으로도 끔찍한지 모두의 얼굴이 동시에 일그러졌다.

"흠, 결국 지옥에서 복수의 화신이 되어 나타났다는 말이군. 앞뒤 안 가리고 달려들다 결국 다시 지옥으로 떨어지겠지만."

"그렇게 되지는 않을 겁니다."

유대웅이 빙그레 웃었다.

"도울 생각이냐?"

당가의 어른으로서 오랫동안 혈사림과 적대시해 온 당곤은 어쩔 수 없는 상황이긴 해도 능위를 돕는다는 것을 그리 탐탁하게 여기지 않는 듯했다.

"적의 적은 아군이나 마찬가지라 했습니다. 지금은 한 사람의 아군이라도 더 확보해야 할 시기고요. 게다가 그 아군이 저토록 막강하다면 반드시 구해야지요."

"흠, 반대한 것은 아니다. 그저 물어본 것뿐이야."

당곤은 자신의 속내를 들킨 것이 무안했는지 슬쩍 시선을 돌렸다.

"바로 공격합니까?"

단혼마객이 물었다.

"본격적인 개입에 앞서 우선 저들에게 선물을 줄 생각입니다."

의미심장한 미소를 띤 유대웅이 슬쩍 고개를 돌려 뒤쪽에 우두커니 서 있는 소면살왕을 바라보았다.

굳이 말을 할 필요는 없었다.

유대웅의 의지에 의해 소면살왕이 정문으로 움직이기 시작했다.

巫山三峽

第五十一章
불타는 천추세가(千秋世家)

또 다른 괴인이 출현했다.

어쩌면 괴인이라기보다는 괴물이라 칭하는 것이 옳을 것
이다.

천추세가의 모든 시선이 오직 능위와 사암 등의 싸움에만
집중되었기에 그가 정문이 아닌 천추세가 안쪽에서 처음 모
습을 드러냈을 때 그의 존재를 알아차린 사람은 단 한 명도
없었다.

그것은 곧 끔찍한 결과로 이어졌다.

지금은 불사완구를 변해 버린 신세였지만 나이 서른다섯

에 스스로 살검을 완성했다고 선언했을 정도로 뛰어난 살예를 지니고 있던 소면살왕이었다.

숨 한 번 들이켜는 시간에 서너 명씩 목숨을 잃었고 지나가는 곳의 모든 생명체가 완벽하게 말살되었다.

놀라운 것은 무려 이십 명이 넘는 인원이 목숨을 잃을 동안에도 소면살왕의 존재가 발각되지 않았다는 것이다.

딱히 모습을 감춘 것도 아니었음에도 그의 존재가 드러나지 않은 것은 소면살왕에게 당한 이들 모두가 자신이 누구에게, 또 어떻게 목숨을 잃었는지 느끼지도 못할 정도로 찰나간 숨이 끊어졌기 때문이었다.

만약 우연찮게 고개를 돌리다 동료의 목이 꺾이는 것을 발견한 누군가의 외침이 없었다면 그의 존재가 드러날 때까지 얼마나 많은 인원이 목숨을 잃었을지 가늠조차 되지 않았다.

"저, 적이……."

최초의 발견자 역시 그렇게 한마디 말을 남기고 목숨을 잃었다.

천천히 무너지는 사내의 목에 드러난 희미한 혈선.

그래도 그는 천추세가의 무인으로서 충분한 역할을 해냈다.

죽음과 맞바꾼 경고음에 동료들이 소면살왕의 존재를 확인하게 된 것이다.

능위와 사암 등에게 집중되었던 병력이 분산되고 소면살왕을 중심으로 또 하나의 전장이 만들어졌다.

오랜 싸움으로 지치고 패색이 역력한 앞선 전장과는 달리 소면살왕이 만든 전장은 이제 막 불타오르기 시작했다.

소면살왕은 자신을 공격하기 위해 괴성을 지르며 달려든 다섯 무인의 숨통을 일검에 끊어버리며 확실한 존재감을 알렸다.

"끄아아악!"

누군가의 입에서 끔찍한 비명이 터져 나왔다.

쩍 벌어진 아랫배를 애처롭게 부여잡고 비틀거리는 사내를 향해 다시금 검을 날리는 소면살왕.

심장을 관통당한 사내는 신음과도 같은 비명 소리를 내뱉으며 힘없이 고개를 떨궜다.

소면살왕이 무심히 몸을 돌렸다.

사방에서 공격이 짓쳐 들었지만 전혀 두려워하거나 곤란해하는 표정이 아니었다.

그를 향해 단검 하나가 짓쳐 들었다.

간단한 동작으로 단검을 낚아챈 소면살왕이 돌멩이 던지듯 단검을 날렸다.

"아악!"

소면살왕을 향해 단검을 던졌던 사내가 되돌아온 단검에

큰 부상을 입고 나뒹굴었다.

소면살왕은 자신을 공격했던 자들을 결코 용서치 않았다.

허공으로 도약한 소면살왕이 착지하며 그의 양다리를 밟아 부러뜨렸다.

그리곤 바둥거리는 그의 얼굴을 향해 장력을 뿌렸다.

박이 터지듯 터져 나가는 머리.

허연 뇌수가 사방으로 흩어지고 그중 몇 방울이 얼굴에 튀었지만 소면살왕은 전혀 개의치 않고 다음 목표를 향해 고개를 돌렸다.

"이럴 수가! 어디서 저런 살귀가 나타났단 말인가!"

혈영노괴와의 싸움에서 패해 물러나 있던 양조굉의 입에서 경악성이 터져 나오고 두 눈이 찢어질 듯 부릅떠졌다.

그건 양조굉의 부상을 살피던 염단도 마찬가지였다.

그들은 지금 자신들의 눈앞에서 벌어지고 있는 일을 도저히 믿지 못했다.

신들린 듯한 몸놀림, 예리한 파공성을 내며 허공을 가르는 검에 앞을 가로막는 모든 이가 추풍낙엽처럼 쓰러졌다.

소면살왕의 살수는 실로 치명적이었으며 무자비했다.

"괴물이군."

소면살왕의 활약을 처음으로 지켜본 당곤이 질렸다는 표정을 지었다.

"저런 자가 불사완구로 변하다니 안타깝기 짝이 없습니다."

단혼마객이 영혼을 잃어버리고 한낱 도구로 변한 소면살왕의 처지에 동정을 표하자 당곤이 고개를 흔들었다.

"금수만도 못한 놈이니 천벌을 받은 게지. 그동안 아무런 이유도 없이 저자에게 목숨을 잃은 사람들을 생각해 보면 조금도 동정할 가치도 없네. 정말 다행인 것은 저놈이 천추세가의 손에 들어가지 않았다는 것이야. 만약 그리되었다면 어찌되었을까 잠시 생각해 보았는데 정말 상상만으로도 끔찍하더군."

"그건 그렇군요."

"맞습니다. 상상하기도 싫네요."

단혼마객은 물론이고 율인과 팽염 역시 하얗게 질린 얼굴로 몸을 떨었다.

"자, 이렇게 아니라 우리도 가죠. 자칫하면 너무 늦겠습니다."

유대웅이 능위를 가리키며 말했다.

아직까지 버티고는 있지만 이제 누가 보더라도 승부가 기울어진 상태였다.

사암과 혈영노괴의 상태는 능위보다 더욱 좋지 않았는데 금방이라도 목숨을 잃는다고 해도 이상하지 않을 정도로 형편없이 몰리고 있었다.

"노부가 혈영노괴를 돕지."

당곤이 말했다.

"저도 가겠습니다."

팽염이 끼어들었다.

"그럼 우리가 저자를 구하지요."

율인과 시선을 교환한 단혼마객이 사암을 가리켰다.

마지막으로 남은 능위의 목숨을 구하는 것은 당연히 유대
웅의 몫이었다.

'확실히 무모한 판단이었군.'

능위는 사방에서 자신을 압박해 오는 노인들을 보며 입술
을 꽉 깨물었다.

합공을 당하는 와중에 다섯 명의 목숨을 빼앗았지만 한계
에 다다른 지 이미 오래였다.

게다가 주변을 포위하고 있는 적들의 수를 생각했을 때 천
추세가에 대한 공격은 명백한 실패였다.

'훗, 그나마 이 정도 한 것도 기적이라고 해야 하나.'

자조의 웃음을 흘리던 능위의 뇌리에 끔찍했던 그날의 기
억이 떠올랐다.

소면살왕과의 힘겨운 싸움 이후, 은환살문의 문주에게 치

명적인 공격을 허용한 능위는 단전을 파괴당한 채 수하들의 등에 업혀 도주를 해야 했다.

능위를 구하기 위해 그를 호종했던 대다수의 수하가 목숨을 잃었고 목숨을 건진 사람은 혈영노괴와 사암, 그리고 호위대 소속 수하 십여 명 정도뿐이었다.

그나마 몇몇은 부상의 후유증을 이기지 못하고 결국 목숨을 잃었다.

은환살문의 집요한 공격을 뿌리치며 그들이 최종적으로 숨어든 곳은 뜻밖에도 천추세가와 얼마 떨어지지 않은 곳이었다.

천추세가의 그늘로 숨어든 능위는 보름 만에 겨우 정신을 차렸다.

수하들의 희생으로 간신히 목숨을 구했지만 자신의 부상을 확인한 능위는 절망하지 않을 수 없었다.

단전이 파괴되며 평생을 쌓아온 내력은 완벽하게 사라졌고 기경팔맥 또한 복구하기가 힘들 정도로 망가졌다.

삶의 의욕을 잃은 능위는 모든 것을 포기했다.

무공을 회복하기 위해 노력하는 것은 고사하고 아예 식음을 전폐하고 절망의 구렁텅이에 빠져 스스로를 죽음으로 내몰았다.

하지만 어려서부터 자신의 모든 것이었던, 자존심이자 자부심인 혈사림이 천추세가의 음모에 걸려들어 철저하게 농락당하고 비참하게 몰락할 뻔했다는 것을 알게 된 능위는 스스로 걸어들어 갔던 어둠에서 극적으로 빠져나왔다.

복수의 화신이 되어 돌아온 능위.

가장 시급한 것은 부서진 단전을 회복하는 일이었다.

현실적으로 가능성이 희박한 일이었으나 아예 불가능한 것은 아니었다.

능위는 과거 혈강신을 이루기 위해 오백 동녀(童女)의 피에서 혈정을 취했던 것을 기억했다.

바로 거기에 방법이 있었다.

능위는 단순히 동녀의 혈정을 취하는 것이 아니라 한걸음 나아가 상대의 진기를 흡수하여 단기간에 무공을 회복하는 방법을 연구했다.

어려서부터 온갖 무공을 섭렵한 능위는 그 누구도 따라오지 못할 탁월한 오성과 경험을 가지고 있었고 한번 집중을 하면 바로 옆에서 벼락이 내리쳐도 꿈쩍하지 않을 정도의 부동심까지 지녔다.

게다가 그에겐 구천마라혈사진기라는 희대의 사공(邪功)이 있었다.

하지만 출발은 순조롭지 못했다.

애당초 능위가 입은 상처는 보통 심각한 것이 아니었다.

단순한 내상이 아니라 모든 힘의 근원이 될 수 있는 단전이 파괴된 것이다.

설사 상대의 진기를 흡수할 수 있는 방법을 찾더라도 그 진기를 담아놓을 그릇이 망가졌으니 몸 안에 들어온 진기는 약이 아니라 오히려 독이 될 수도 있었다.

능위는 식음을 전폐하다시피하며 구천마라혈사진기와 자신이 알고 있는 수많은 사공을 비교 연구해 가며 방법을 찾기 위해 노력했다.

아직 성한 몸이 아니기에 몇 번이나 혼절을 하고 피를 토하며 생사의 기로에 서기를 수차례.

그의 간절한 염원을 몸이 받아들인 것인지 단순한 축기가 아니라 오직 깨달음을 통해서만 열린다는 중단전이 그에게 모습을 드러냈다.

참을 수 없는 희열을 만끽하기도 전, 능위는 이제 막 잡은 단초를 놓치지 않기 위해 몇 날 며칠을 명상에 잠기며 막연하기만 했던 중단전의 실체를 명확히 하는 데 성공했다.

중단전을 얻은 효과는 금방 나타났다.

비록 잃었던 내력을 찾은 것은 아니었지만 몇 번의 운기조식을 통해 그토록 심각했던 내상도 어느 정도는 치료를 할 수가 있었다.

무엇보다 중요한 것은 상대의 진기를 얼마든지 흡수해도

충분히 수용할 수 있는 터전을 마련했다는 것이다.

이론과 현실의 간극은 상당했다.

원하던 무공을 얻은 데는 성공을 했으나 그에 따른 부작용
과 문제점이 속출했다.

무릇 하나의 무공을 만들어낸다는 것은 수많은 실패와 시
행착오를 겪으며 뼈를 깎는 노력과 깨달음을 통해서 조금씩
개선 방향을 찾아내는 것이라 할 수 있었다.

하지만 능위에게는 시간이 없었다.

언제 적들에게 은신처가 발각을 당해 목숨을 잃을지 몰랐
고 천추세가가 무림을 제패한 이후에 무공을 회복해 봐야 복
수의 길은 요원하기만 했다.

선택의 여지가 없던 능위의 명에 따라 혈영노괴와 사암은
무공을 익힌 자들을 닥치는 대로 잡아오기 시작했다.

평소라면 천추세가의 이목을 피하는 것이 불가능했겠지만
때마침 장강에 병력을 집중시키고 마황성을 공격하는 일에
역량을 쏟아붓고 있는 중이라 별다른 위기는 없었다.

다만 흡수한 진기들이 제각기 성질이 다르다 보니 온전히
융합하기가 버거웠다.

구천마라혈사진기를 근본으로 하여 최대한 조화를 꾀했음
에도 때때로 문제점들이 불거져 나왔는데 갑자기 내력이 흩
어진다거나 반대로 폭주하여 제어 불능 상태에 이르는 것도

그런 부작용 중 하나였다.

중요한 것은 그런 부작용을 감안하고서라도 무공을 회복시켜야 한다는 것이었다.

혈영노괴와 사암이 조달한 무인들의 진기를 흡수하며 내력을 키우고 무공을 회복시키는 데 주력하기를 한 달 여, 능위는 과거의 그를 뛰어넘는 무위를 되찾을 수 있었다.

공교롭게도 바로 그날, 혈사림이 완전히 몰락했다는 소식이 날아들었고 그 즉시 몸을 떨쳐 일어났다.

'아무리 이성을 잃었다고 해도 천추세가의 상황을 확실히 알아봐야 했다.'

후회는 아무리 빨라도 늦는 법이다.

그것을 일깨워 주기라도 하듯 한백의 검이 날아들었다.

싸움을 끝내겠다는 듯 혼신의 힘을 다해 검을 뻗는 한백의 낯빛은 몹시 어두웠다.

승리를 앞둔 사람이 아닌 패배자의 얼굴이다.

당연한 것이 능위 한 사람을 쓰러뜨리기 위해 함께 공격을 했던 이들 중 무려 다섯 명이나 목숨을 잃었고 두 사람이 상당한 부상을 당했다.

그들 모두가 천추세가의 역사라고 할 수 있는 원로, 장로들이라는 것을 감안했을 때 실로 뼈아픈 손실이 아닐 수 없었다.

단순히 손실을 떠나 상대가 무림십강이자 혈사림의 림주라고 해도 그만한 인원이 합공을 했건만 쓰러뜨리기는커녕 오히려 막대한 피해를 당했다는 것은 천추세가의 자존심과도 직결될 수 있는 문제였다.

지금 쓰러뜨린다고 해도 실추된 자존심을 회복할 길은 없었으나 어쨌든 천추세가를 욕보인 대가는 받아내야 했다.

그 대가는 당연히 죽음이었다.

한백의 검과 능위의 수강이 부딪치며 큰 울림을 불러일으켰다.

충격을 이기지 못한 한백과 능위의 신형이 휘청거리고 그런 능위를 노리며 날카로운 공격이 날아들었다.

능위는 희미해진 혈강환으로 몸을 보호하고 힘겹게 양팔을 휘두르며 버텨보려 하였으나 몸은 천근만근 무거워진 상태였고 내력은 바닥난 지 오래였다.

꽝!

후미에서 밀려드는 공격을 막아낸 능위의 몸이 거세게 흔들렸다.

혈강환이 건재했다면 반탄력만으로도 물리칠 수 있었을 공격이었지만 충격이 온전히 몸에 전해졌다.

입에서 핏줄기가 뿜어져 나오는 것도 의식하지 못한 채 좌측을 파고드는 자의 공세에 쇄벽강이란 초식으로 맞섰다.

"크으으."

겨우겨우 막기는 했으나 천근거석이라도 단숨에 가루로 만들어버리는 쇄벽강이 고작 상대의 공격을 막아내는 것에 급급하니 기가 막혔다.

"커흑!"

능위의 입에서 비명이 터져 나왔다.

거무튀튀한 검이 혈강환을 무력화시키고 옆구리를 뚫고 들어온 것이다.

검날을 움켜쥔 능위의 반격에 공격을 성공시킨 노인 역시 피를 뿜으며 몇 걸음이나 물러났지만 싸움의 격렬함에 비해 그만한 상처는 상처도 아니었다.

능위의 한쪽 무릎이 그대로 꺾였다.

절호의 기회였다.

한백의 검이 싸움의 마지막을 장식하기 위해 매섭게 공간을 갈랐다.

눈은 이미 한백의 검을 쫓고 있고 잘 벼려진 본능은 어서 피해야 한다는 경고를 숨 가쁘게 보내왔지만 결정적으로 몸이 움직여지질 않았다.

혈강환이 무력화되며 오장육부가 뒤틀렸고 일검을 허용한 옆구리의 부상은 움직일 여력을 완전히 빼앗아 버렸다.

"병신 같은 놈!"

능위의 입에서 욕설이 튀어나왔다.

자신의 목숨을 취하려는 상대에게 하는 욕이 아니었다.

보다 냉철하게 천추세가를 살피지 못한 자신의 실책과 제대로 복수도 하지 못하고 결국은 꺾이게 되는 한심함에 화가 나서 스스로에게 내뱉는 욕설이었다.

죽음과 비견될 정도로 고통스럽고 끔찍했던 모든 노력이 물거품으로 돌아갔다는 것이 실로 견디기 힘들었다.

능위는 눈을 감지 않았다.

고개를 돌려 회피하지도 않았다.

자신의 목을 치기 위해 다가오는 검을 똑똑히 응시하며 한 줌도 되지 않는 자존심을 지키려 했다.

바로 그때였다.

붉게 충혈된 눈으로 최후를 기다리던 능위의 눈에 그의 목을 치려는 검 말고 또 하나의 물체가 잡혔다.

엄청난 속도로 날아든 물체의 정체가 무엇인지 확인을 하려는 찰나 한백이 다급히 검을 회수했다.

꽝!

엄청난 굉음과 함께 한백의 몸이 휘청거렸다.

손에 들렸던 검이 힘없이 허공으로 치솟았다.

한백의 검을 날려 버린 물체가 능위의 발아래에 꽂혔다.

장창이었다.

능위는 자신도 모르게 손을 뻗어 목숨을 구해준 창을 잡았다.

온기가 느껴졌다.

어찌 된 일인지 그 창을 통해 창 주인의 힘과 기백이 절로 느껴졌다.

능위는 자신에게 쏠려 있던 적들의 기세가 순식간에 사라지는 것을 확인하며 창의 주인을 향해 시선을 던졌다.

곰을 연상시킬 만큼 거대한 덩치에 그에 걸맞은 검을 어깨에 턱 걸치고 급하지도 느리지도 않은 당당한 걸음걸이로 전장을 향해 걸어오는 사내는 익히 아는 얼굴이었다.

능위가 피식 웃음을 터뜨렸다.

"네놈이로구나."

유대웅이 금방이라도 매서운 기세를 뿜어내는 노인들은 신경도 쓰지 않고 일직선으로 능위에게 걸어왔다.

"쯧쯧, 꼴이 말이 아닙니다."

"어찌하다 보니 그렇게 됐다. 한데 네놈이 여긴 어쩐 일이냐?"

"그건 제가 묻고 싶은 말입니다. 단전이 파괴되었다는 말을 들었습니다. 죽었다는 말도 있었고. 벌써 회복을 한 겁니까?"

"회복이라. 글쎄. 이걸 회복이라 할 수 있는지 모르겠군."

능위가 씁쓸히 웃었다.

나이에 비해 팽팽한 젊음을 유지했던 과거의 모습은 이미 사라지고 없었다. 지금은 당곤보다 더 나이가 들어 보일 정도였다.

그런 능위의 얼굴을 보면서 유대웅은 그간 능위가 어떤 고생을 했는지 조금은 짐작할 수가 있었다.

"아직 질문에 답하지 않았다. 설마 본좌를 도우려고 나타난 것이냐?"

능위의 말에 유대웅이 어깨를 으쓱였다.

"결과적으로 그렇게 되기는 했지만 원래 이런 의도는 아니었습니다. 그저 림주께서 우리보다 한발 앞서 움직였을 뿐이지요."

"하면 네놈도 천추세가를 공격하려 했다는 거냐?"

"현재 천추세가는 욱일승천하는 기세로 무림을 접수하고 있습니다. 그토록 강했던 마황성이 너무도 허무하게 무너지고 말았고 얼마 전엔 혈사림까지……."

유대웅이 능위의 눈치를 슬쩍 살폈다.

혹여 혈사림이 무너진 사실을 모르는데 괜히 언급한 것은 아닌가 하는 생각이 들었다.

"그렇게 눈치 볼 것 없다. 혈사림이 무너진 것을 모를 정도로 바보는 아니니까."

"예, 과거 무림 삼세라 불리는 곳이 천추세가에 의해 모두 몰락한 상황입니다. 그리고 남은 곳은 장강수로맹과 남궁세가를 중심으로 하는 강남 세력뿐입니다. 아, 그리고 사천무림이 아직은 건재하군요."

"흥, 남궁세가? 사천무림? 그런 놈들이 천추세가를 막을 수 있다고 보지는 않는다."

코웃음을 친 능위가 의미심장한 눈으로 유대웅을 바라보았다.

"그나마 가능성이 있다면 네 녀석이 있는 장강수로맹 정도겠지. 물론 단독으론 어림도 없는 일이겠지만."

"그래도 하는데까지는 해봐야지요. 제가 이곳까지 온 것도 그런 이유 중의 하나입니다."

"천추세가의 주력은 이곳에 없다."

"그래도 본가가 아닙니까? 본가가 무너진다면 그들의 받는 심적 타격은 상당하리라 봅니다. 그리고 주력이 있었다면 애당초 올 생각을 하지 않았을 겁니다."

"음."

딱히 틀린 말은 아니었기에 능위는 뭐라 반박을 하지는 않았다.

"그리고 공격의 이유가 단순히 심적 타격만을 위한 것은 아닙니다. 큰 그림을 그리기 위한 하나의 밑그림이라고나 할

까요?"

유대웅의 나직한 음성에 능위의 눈빛이 반짝거렸다.

장강수로맹의 맹주라는 자가 위험을 무릅쓰고 움직일 정도면 그들이 알지 못하는 계획이 있음이 틀림없었다.

"그런데 생각보다 적의 힘이 막강하군요. 어느 정도 파악을 했다고 여겼는데 상상 밖입니다. 림주께서 먼저 공격을 하지 않았다면 우리 또한 낭패를 당했을 겁니다."

"솔직히 본좌 또한 늙은이들이 이렇게 많이 처박혀 있을 줄은 몰랐다. 대부분의 병력이 떠났음을 확인했기에 충분히 승산이 있다고 판단했는데……."

능위가 싸늘한 주검으로 변해 버린 수하들을 바라보며 침울한 표정을 지었다.

"하! 고작 열 명 남짓으로 승산이 있다고 판단한 겁니까?"

유대웅이 어이없는 얼굴로 되물었다.

"충분하다고 생각했다. 만약 저 늙은이들의 수가 몇 배로 늘어나지 않았다면 천추세가는 이미 잿더미가 되어 있을 것이다."

능위가 곤혹스런 얼굴로 유대웅을 살피고 있는 한백과 노고수들을 가리키며 말했다.

능위를 합공했던 천추세가의 노고수들이 막대한 피해를 당했음을 확인한 유대웅은 능위의 말을 완전히 부정할 수가 없었다.

그만큼 능위가 보여준 무위는 상상이상이었다.

"따지고 보면 네놈들 또한 말이 안 되는 짓을 하려는 것 아니냐?"

"그래도 수준이라는 것이 있습니다. 천추세가에 예상외로 강한 전력이 남아 있었지만 큰 무리는 없었을 겁니다. 잿더미를 만들지는 못한다고 하더라도 적당한 피해를 입히고 별 탈 없이 빠져나갈 자신이 있었으니까요."

"자신감인지 만용인지 모르겠군."

능위가 묘한 표정으로 유대웅을, 그리고 좌우에서 이미 일전을 벌이고 있는 단혼마객 등을 바라보았다.

"글쎄요. 기왕이면 자신감이라고 해두지요."

유대웅이 한백 등을 향해 몸을 빙글 돌렸다.

"너무 기다리게 한 것 같군요."

"이런 식으로 다시 만나리란 생각은 하지 못했군."

천룡쟁투 당시 유대웅이 아니라 화산파의 청풍으로서 잠시 만남을 가졌던 한백이 굳은 얼굴로 말했다.

"유감입니다."

"한데 자신감이라고 했나? 노부가 보기엔 아무래도 어리석은 만용 같군."

방금 전, 유대웅의 말을 들은 것인지 한백의 음성은 차가웠다.

"한 가지만 여쭙지요."

부드럽게 웃는 유대웅의 전신에서 감당하기 힘든 기운이 쏟아져 나왔다.

"혈사림의 림주가 저보다 강하다고 보십니까?"

유대웅의 질문에 능위의 눈꼬리가 하늘로 치솟았다.

당연히 '강하다'라고 대답할 줄 알았던 한백이 아무런 대답을 하지 못하자 그렇잖아도 일그러졌던 얼굴이 더욱 처참하게 구겨졌다.

"혈사림주 한 명을 막기 위해 이만한 피해를 당했습니다. 남아 있는 사람도 다들 정상적인 몸은 아니군요. 그런데도 막을 수 있다고 보십니까?"

"당연히!"

한백이 단호히 소리쳤다.

"목숨을 걸고 막는다."

한백의 결의가 전해진 것인지 주변 공기가 싸늘하게 식어 갔다.

어느새 유대웅을 포위한 노고수들이 한백의 명을 기다렸다.

"음."

한백의 입에서 짧은 신음이 흘러나왔다.

마음 같아서 오만하기 짝이 없는 유대웅을 당장 도륙 내라 소리치고 싶었지만 너무도 태연한, 그러면서도 사위를 압도하는 상대의 기세에 쉽사리 입이 떨어지지 않았다.

유대웅의 공격에 무참히 목숨을 잃는 노고수들의 모습이 환영처럼 떠올랐다.

"큭! 얼었군."

전장에서 살짝 비켜난 장소에 주저앉아 있던 능위의 입에서 비웃음 가득한 말이 들려왔다.

한백을 비롯한 모든 이의 몸이 파르르 떨렸다.

이심전심(以心傳心).

굳이 명은 필요 없었다.

동시에 지면을 박차고 뛰어오른 노고수들이 유대웅을 향해 달려들었다.

상대의 강함을 알기에 힘을 남기는 여유 따위는 있을 수가 없었다.

다들 뒤를 생각하지 않고 한 수 한 수에 전력을 다했다.

"본좌보다 강하다고 했느냐? 그럼 실력으로 증명해 봐라."

능위의 읊조림을 들은 것인지 더없이 진중한 자세로 검을 고쳐 잡은 유대웅이 패왕칠검의 세 번째 초식 십방일단(十方一斷)으로 상대의 공세에 맞서 나갔다.

"괜찮으냐?"

당곤이 피투성이로 변한 혈영노괴를 부축하며 물었다.

"고, 고맙소."

죽음의 문턱에서 겨우 살아난 혈영노괴는 자신을 구한 사람이 당곤임을 확인하곤 깜짝 놀란 표정을 짓다 이내 고개를 숙였다.

평소 당가와 그다지 사이가 좋은 편은 아니었지만 죽음 앞에서 그리고 공통의 적을 둔 지금은 아무래도 상관없었다.

"쯧쯧, 천하의 혈영노괴가 꼴이 말이 아니군."

약간은 비꼼이 들어간 당곤의 말에 혈영노괴의 안색이 살짝 변했다.

고마운 것은 고마운 것이고, 고까운 것은 분명 고까운 것이었다.

"언제 탈출을 했는지는 모르오만 놈들에게 포로로 잡혔던 당 영감이 그렇게 말할 입장은 아닌 것 같소."

"흥! 입이 살아 있는 것을 보니 아직 죽을 때는 아닌 모양이군. 꺼져랏!"

발끈하는 혈영노괴의 반응에 코웃음을 치던 당곤이 후미에서 접근하는 적들을 향해 손을 휘 내저었다.

소매에 숨겨져 있던 무수한 바늘이 어둠에 동화된 채 사방으로 뿌려졌다.

천추세가에 포로로 잡히고 치욕적인 나날을 보냈던 당곤의 손속은 전에 없이 매서웠다.

과거 만독노조라 불릴 만큼 용독술에 일가견이 있던 그였기에 그가 지닌 암기 하나하나는 그 어떤 무기보다 치명적이었다.

비록 참회옥에서 탈출한 지 얼마 되지 않았고 당가로 돌아갈 시간도 없어서 자연히 몸에 지닌 암기나 독이 모든 면에서 부족했지만 그래도 만독노조라는 이름이 어디 가는 것은 아니었다.

그걸 증명이라도 하듯 바늘에 적중된 이들 모두가 몇 걸음 떼놓기도 전에 입에 게거품을 물고 쓰러지기 시작했다.

쓰러진 자들의 낯빛이 순식간에 검게 변하는 것을 확인한 혈영노괴가 질렸다는 표정으로 당곤을 응시했다.

문득 당가와는 절대로 원수를 지지 말라는 호사가들의 말이 떠올랐다.

당가와 사이가 좋지 않은 것은 틀림없지만 그렇다고 딱히 원수진 일도 없었다는 것에 마음이 놓였다.

"그런데 너무 무리한 것 아니오?"

"뭐가?"

"아무리 생각해 봐도 딱히 우리를 구하려고 온 것 같지는 않고 그렇다면 당 영감과 장강수로맹의 맹주가 이곳에 있을 이유는 딱 하나뿐이잖소."

"눈치챘군. 맞아. 우린 처음부터 천추세가를 노리고 이곳에 온 것이다. 선수를 빼앗겨서 그렇지."

당곤이 혈영노괴와 조금 떨어진 곳에서 유대웅의 싸움을 지켜보는 능위를 힐끗 바라보며 말했다.

"그런데 무리라고? 오히려 노부가 해야 할 말 같은데. 우리는 확실히 자신이 있었거든. 섶을 지고 불에 뛰어든 누군가와는 달라."

당곤의 말에 화가 치밀었지만 혈영노괴는 딱히 부정도 할 수 없었기에 슬며시 화제를 돌렸다.

"한데 저 녀석은 누구요? 나이도 어린데 실력이 상당하오."

혈영노괴가 자신을 압박하던 천추세가의 장로를 매섭게 몰아붙이고 있는 팽염을 가리키며 물었다.

"팽가의 후예."

"하북팽가?"

혈영노괴가 깜짝 놀라 반문했다.

당곤이 고개를 끄덕였다.

"팽가가 천추세가에 의해 멸문에 가까운 피해를 당한 지금 사실상 팽가의 가주라고 할 수 있지."

착 가라앉은 눈으로 팽염을 살피던 혈영노괴가 감탄 섞인 표정으로 고개를 끄덕였다.

"역시. 팽가는 쉽게 무너지지 않았구려."

"그렇지. 명문의 힘이란 바로 이런 위기 상황에서 더욱 드러나는 법이지. 그렇게 따지자면 혈사림도 만만치는 않군."

당곤이 단혼마객의 도움을 받아 기어이 자신을 공격했던 뇌력부 온창의 목을 날리는 사암을 턱짓으로 가리키며 말했다.

"혈사림에 저런 실력자가 있다는 말은 듣지 못했는데. 팽염과 비슷한 연배로 보이는데 어쩌면 그대보다 더 강한 것 같군."

받아들이기에 따라선 모욕적인 말이라 할 수 있었지만 혈영노괴는 오히려 자랑스러운 얼굴로 대답했다.

"혈사림의 미래요."

*　　　*　　　*

"크으으."

탁한 신음과 함께 뒷걸음질 치는 염단의 모습을 확인한 양조굉의 눈에는 경악과 놀람은 넘어 이제는 공포감이 깃들기 시작했다.

그럴 만도 한 것이 그 짧은 시간에 소면살왕에게 당한 천추세가 식솔의 수가 백여 명에 이르고 있었다.

그를 막을 만한 실력자들은 능위 등을 막기 위해 투입된 상황이기에 소면살왕을 상대할 수 있는 사람은 염단을 비롯하여 이미 부상을 당한 이들 몇 명뿐이었다.

어쩔 수 없이 나서기는 했지만 그들이 얻은 성과라고는 소면살왕의 발걸음을 잠시 지체시킨 것 외에는 아무것도 없었다.

오히려 부상이 악화되거나 소면살왕의 공격을 감당하지 못하고 허무하게 목숨을 잃고 말았다.

그렇다고 지원을 기대할 상황도 아니었다.

양조굉의 시선이 혈영노괴와 사암을 위기에서 구해낸 당곤 등에게 향했다.

다른 사람은 몰라도 패왕사에서 직접 부딪쳤던 단혼마객의 얼굴은 똑똑히 기억하고 있던 터.

혈사림에 이어 장강수로맹, 특히 군산에 있어야 할 장강수로맹의 맹주가 직접 수하들을 이끌고 천추세가를 공격했다는 것이 믿어지지 않았다.

특히 유대웅의 신위는 그를 절망에 빠뜨리기에 충분했다.

싸움이 시작된 지 얼마 되지 않았음에도 전세는 이미 완벽하게 기울었다.

"저렇게나 강했던가."

양조굉은 초천검을 맹렬하게 휘두르며 천추세가 노고수들을 압도하는 유대웅의 모습에 경악을 금치 못했다.

천추세가의 노고수들이 능위와의 싸움에서 많이 지쳤다고는 해도 일방적으로 몰린다는 것은 상상도 못할 일이었다.

과거 그를 쫓아 패왕사에서 싸움을 한 적이 있었지만 당시의 유대웅은 독에 중독이 되어 사경을 헤매고 있던 때라 제대로 된 실력을 보지 못했다.

하지만 지금은 똑똑히 알 수 있었다.

무림십강이라던 능위도 강했지만 유대웅은 그보다 더 강했다.

"어째서 그가 본가의 가장 큰 적이 될 것이라고 했는지 이제야 이해가 가는군."

바깥에서 싸움을 지켜보는 양조굉이 그렇게 생각할 정도였으니 직접 부딪치고 있는 자들의 심정을 뭐라 말로 표현하기 힘들 정도였다.

"그 사부에 그 제자란 건가? 징그럽게 강하군. 어쩌면 석년의 영감을 능가했겠어."

유대웅과 한백 등의 싸움을 차분히 살펴보던 능위는 유대웅의 실력이 과거 화산검선의 무위를 뛰어넘었다고 판단했다.

지금 당장 화산검선과 싸운다고 했을 때 설사 이기진 못한다고 하더라도 지지는 않을 자신이 있었던 능위는 화산검선을 뛰어넘는 유대웅의 실력을 보며 또 한 번의 패배감을 맛봐야 했다.

한데 능위가 자조의 웃음을 흘리고 있을 때 그에게 은밀히 접근하는 자들이 있었다.

좌우에 수하를 대동하고 능위로 접근하는 사람은 뇌력부와 풍운검 등을 이끌고 사암을 공격하다가 일이 여의치 않아 뒤로 물러난 한진이었다.

나이는 어려도 나름 후계자 수업을 받은 한진은 현재 천추세가가 처한 상황을 제대로 파악하고 있었다.

있을 수도, 있어서도 안 되는 일이었지만 고작 한 줌도 되지 않는 적으로 인해 천추세가가 크나큰 위기에 빠지고 말았다.

무림 그 어떤 문파의 제자들과 비교해도 우위에 있으리라 여겼던 천추세가의 무인들이 속수무책으로 무너지고 이미 은퇴를 했거나 은퇴를 앞두고 있었던 노고수들 마저도 어이없게 밀리는 상황.

아직도 많은 수의 병력이 남아 있었으나 시간이 갈수록 피해는 기하급수적으로 늘어갈 것이고 자칫하다간 천추세가 본가를 적에게 내주는 참상을 당할 우려도 있었다.

이에 한진은 부상당한 능위를 사로잡아 적을 물러나게 할 생각으로 호위 둘을 데리고 은밀히 그에게 접근했다.

능위가 어느 정도 부상을 당했는지 알고 있기에 사로잡는 것은 문제가 없으리라 판단했다.

다만 능위의 목숨을 담보로 새롭게 침입을 해온 자들을 물러나게 할 수 있을지는 장담할 수가 없었다.

그래도 일단 시도는 해봐야 했다.

한진의 신호에 따라 공격 준비를 마친 호위들이 능위의 좌우를 파고들며 시선을 빼앗고 그사이 한진이 은밀히 접근을 시도했다.

적의 공격을 인식한 능위가 힘겹게 손을 뻗었다.

치명적인 부상을 당한 몸 어디서 그런 힘이 남아 있었는지 모를 정도로 강력한 수강이 좌우에서 공격하던 호위들을 그대로 날려 버렸다.

"버러지 같은 것들이 감……."

오만하게 외치던 능위가 갑자기 피를 토했다.

그때를 놓치지 않고 재빨리 등 뒤로 접근한 한진이 능위의 마혈을 제압하려는 찰나 능위의 고개가 휙 돌아갔다.

시뻘건 눈동자와 마주한 한진의 몸이 그대로 굳었다.

"본좌가 모른다고 생각했느냐?"

능위가 한진을 향해 손을 뻗었다.

피해야 한다고, 물러나야 한다고 본능이 아우성을 쳤지만 어찌 된 일인지 몸이 움직여지질 않았다.

"컥!"

능위에게 목을 잡힌 한진의 입에서 외마디 비명이 터져 나왔다.

"이따위 암수로 본좌를 쓰러뜨릴 생각을 했다니 참으로 깜찍한 놈이 아닌가."

능위가 스산한 웃음을 흘릴 때, 한진이 능위의 손에 사로잡힌 것을 확인한 이들이 대경실색하여 달려왔다.

능위는 천추세가 무인들의 반응이 심상치 않음을 느끼며 금방이라도 숨이 넘어갈 듯한 표정으로 축 늘어져 있는 한진을 가만히 살폈다.

"그러고 보니 많이 닮았구나."

얼굴 가득 가식적인 미소를 띠며 만검신군의 후예라 자칭하던 재수없는 중년인의 얼굴이 떠올랐다.

"네 아비가 천추세가의 가주냐?"

이미 기절이라도 한듯 축 늘어진 한진의 입에선 아무런 대답도 흘러나오지 않았지만 능위는 손끝에서 느껴지는 반응으로 그가 천추세가 가주의 자식임을 확신했다.

"크하하하하!"

능위의 입에서 광소가 터져 나왔다.

그 웃음이 어찌나 포악하고 살기가 넘치는지 그를 에워싸고 있던 이들의 표정이 확 변했다.

능위가 한진을 나포하던 순간, 유대웅의 싸움도 사실상 끝이 나났다.

"우웩!"

한백이 검붉은 피를 한사발이나 토해냈다.

핏물 사이로 잘게 잘린 내장 조각이 보이는 것이 회복하기 힘든 치명적인 부상을 당한 것이 틀림없었다.

반쯤 잘린 검을 의지해 힘겹게 몸을 지탱하던 한백이 주변을 둘러보았다.

평생을 함께한 형제요, 친우들이 싸늘한 주검이 되어 쓰러졌다.

아직 많은 병력이 남아 있기는 해도 유대웅과 그의 수하들을 막아낼 고수가 존재하지 않았다.

한백의 입에서 또 한 번 핏덩이가 쏟아져 나왔다.

천추세가의 무인들이 한백을 보호하기 위해 주변을 에워쌌다.

그들은 분노와 두려움이 가득한 표정으로 유대웅을 노려보았다.

한백과 노고수들을 무너뜨림으로써 이미 싸움이 끝났다고 판단한 유대웅은 그들에 대해 아예 신경조차 쓰지 않았다.

"누굽니까?"

유대웅이 능위의 손에 질질 끌려오는 한진을 힐끗 바라보며 물었다.

"한가 놈의 아들이다."

"한가라면 혹, 천추세가의 가주를 말하는 겁니까?"

"맞다. 어린놈이 제 분수를 모르고 본좌를 기습하려 하더구나."

능위가 코웃음을 치며 한진을 허공으로 치켜 올렸다.

유대웅의 눈길이 한진의 얼굴로 향했다.

어딘지 모르게 낯이 익은 얼굴이다.

과거 낙성검문이 장강수로맹을 공격하기 직전, 동정호의 배 안에서 만난 적이 있었지만 정확하게 기억하지 못했다.

유대웅이 고개를 갸웃거리고 있을 때 능위의 손에 한진이 사로잡힌 것을 확인한 한백의 얼굴이 참담하게 일그러졌다.

본가가 무너지는 최악의 상황에서도 반드시 무사해야 하는 사람이 한진이었다.

뇌력부와 풍운검이 늘 함께하기에 그나마 걱정은 조금 덜고 있었건만 대체 어떻게 능위의 포로가 된 것인지 이해가 되지 않았다.

한백은 한진을 보호하던 뇌력부와 풍운검이 단혼마객과 사암에게 목숨을 잃었다는 것은 미처 알지 못했다.

"그 아이를 어찌할 셈이냐?"

한백이 착 가라앉은 음성으로 물었다.

극도로 창백해진 얼굴에 핏기까지 돌았다.

그것이 삶을 끝내기 직전 나타나는 회광반조임을 유대웅과 능위는 직감했다.

"글쎄. 아직 결정을 하지는 않았지만 지금껏 본좌를 공격했던 놈들을 살려둔 예는 없다."

"살려다오."

한백의 말에 능위는 가소롭다는 듯 웃을 뿐 아무런 대답을 하지 않았다.

한백이 천천히 무릎을 꿇었다.

주변에서 이를 본 사람들이 저마다 경악에 찬 얼굴로 한백을 주시했다.

"살려다오."

한백이 다시금 머리를 조아렸다.

가만히 한백을 바라보던 능위가 피식 웃음을 터뜨렸다.

"이런 기분도 과히 나쁘지는 않군. 좋다. 살려주지."

한백과 천추세가 사람들이 안도의 한숨을 내뱉을 찰나 살기로 번들거리는 능위의 음성이 이어졌다.

"살려는 주지만 이대로는 아니지."

모두가 능위의 말뜻을 이해하지 못해 어리둥절할 때 축 늘어졌던 한진의 몸이 발작하듯 흔들렸다.

입에선 고통인지 신음인지 모를 괴이한 음성이 흘러나오고 치켜뜬 눈동자가 급격히 팽창과 수축을 거듭했다.

"림주!"

유대웅이 얼굴을 찌푸리며 능위를 불렀다.

"야, 약속이 틀리지 않느냐!"

한백이 기겁하며 소리를 쳤다.

하지만 능위는 아무런 대꾸도 하지 않고 하던 일에 열중했다.

한진의 상태가 심각하다는 것을 알면서도 아무도 능위를 공격하지 못했다.

한진의 목이 능위의 손에 잡혀 있는 지금 아차 하는 순간에 목숨이 끊어질 수 있었기 때문이었다.

대략 서너 번의 호흡을 할 정도의 시간이 흘렀다.

누군가에겐 극히 짧은 시간이겠지만 천추세가 사람들에겐 영원만큼이나 긴 시간이었다.

"약속은 지켰다."

능위가 잔인한 미소를 지으며 축 늘어진 한진을 한백의 앞으로 던졌다.

다급히 한진을 살피는 한백.

그런데 한진의 모습이 어딘지 이상했다.

백옥같이 희고 생기 넘치던 피부는 바싹 말라 쩍쩍 갈라졌고 검었던 머리카락은 백발로 변해 있었다.

얼굴을 비롯하여 옷 위로 드러난 피부는 팔십 노인이라 해도 무방할 정도로 자글자글한 주름으로 뒤덮인 채 축 늘어져 있었다.

"이, 이게 무슨 짓이냐?"

한백이 잡아먹을 듯 노려보며 노호성을 터뜨렸지만 능위는 눈 하나 깜짝이지 않았다.

"본좌의 목숨을 노린 놈을 그냥 보내줄 수야 없지. 그래도 약속대로 살려는 줬다. 크크크!"

능위의 조소가 비수가 되어 한백의, 천추세가 무인들의 가슴을 헤집어 놓았다.

"네, 네놈이 가, 감히!"

"감히? 큭, 역시 목을 꺾어버릴 것을 그랬나?"

"이 원수는 반드시… 컥!"

분노에 몸을 떨던 한백이 외마디 비명을 내지르며 그대로 고꾸라졌다.

그렇잖아도 회복하기 힘든 부상을 당한 한백은 치미는 분노를 이기지 못하고 검게 변한 피를 토해내는 것을 마지막으로 그대로 절명하고 말았다.

폐인이 된 한진에 이어 한백마저 목숨을 잃자 주변을 에워싸고 있던 천추세가 무인들의 분노는 하늘을 찔렀다.

상대가 누구라는 것도 잊은 채 괴성을 지르며 달려들었다.

한백과 노고수들을 쓰러뜨리는 것으로 충분히 성과를 이뤘다고 판단하고 몸을 빼려던 유대웅은 능위의 행동으로 촉발된 새로운 상황에 짜증이 솟구쳤다.

"크크크! 그런 눈길로 보지 마라. 천추세가 놈들이 본좌에게 한 짓을 생각하면 나름 많이 참은 것이니."

능위의 태연스런 말에 유대웅은 뭐라 얘기를 못하고 한숨만 내쉬고 말았다.

따지고 보면 이 모든 상황을 초래한 직접적인 원인은 천추세가에게 있었다.

그들이 무림제패에 대한 욕심만 없었다면, 사사천교를 이용하여 화산파를 공격하지 않고 또 온갖 술수로써 군웅들을 기만하지 않았다면 이런 일도 벌어지지 않았을 터였다.

솔직히 복수를 천명하는 능위의 행동을 막을 명분이 없었다.

그래도 불나방처럼 달려드는 이들과 다시 검을 섞고 싶은 마음이 없었는데 때마침 그의 주위로 당곤과 단혼마객 등이 달려왔다.

"꼴이 말이 아니군."

능위가 당곤에게 거의 업히다시피 하여 온 혈영노괴를 보며 혀를 찼다.

"네놈도. 한심하기는."

능위의 책망 어린 음성에 사암이 힘없이 고개를 떨궜다.

"그래도 제법이다. 노괴보다 멀쩡한 것을 보면 이제 한자리 차지해도 되겠어."

그 자리라는 것이 혈사림의 후계자 자리라는 것을 알고 있던 혈영노괴가 미소를 띠며 사암의 팔을 툭 쳤다.

"한데 조금 전 그거. 저 친구의 진기를 흡수한 겁니까?"

유대웅이 고목나무처럼 말라버린 한진의 모습을 떠올리며 물었다.

"맞다."

능위가 천천히 고개를 끄덕였다.

유대웅은 더 묻지 않았다.

그것이 바로 능위가 그토록 짧은 시간 내에 과거의 무공을 회복한 이유라는 것을 직감했기 때문이었다.

"한데 언제까지 이렇게 미적댈 것이냐? 기왕 시작했으면 끝장을 봐야 하지 않느냐?"

능위는 충분히 능력이 있음에도 적의 공격에 다소 수세적으로 대응하는 단혼마객 등을 살피며 소리쳤다.

"모조리 죽이란 말입니까?"

"그거야 네가 판단할 일이지. 하지만 네 말대로 뭔가 큰 그림을 그리고 있다면 최소한 이곳은 철저하게 부숴야 한다. 놈

들과 맞서 싸우는 자들의 사기 진작을 위해서라도 그렇고 그
동안 당한 이들의 원한을 풀어주기 위해서라도."

"……."

유대웅이 아무런 대답을 하지 않자 코웃음을 친 능위가 사
암을 돌아보았다.

"움직일 수 있느냐?"

"예."

"그럼 원래 우리가 하려던 것을 해라. 놈들의 모든 시선이
이곳에 몰려 있으니 움직이는 데 불편함은 없을 것이다."

"존명."

사암은 누가 말리고 할 시간도 없이 즉시 사라졌다.

뇌력부와 풍운검의 합공을 이겨낸 그에게 거칠 것은 없었
다.

능위의 말대로 천추세가 내의 모든 힘이 한곳에 집중되어
있는 지금 그의 움직임을 막을 사람도 신경 쓸 사람도 존재하
지 않았다.

"그런데 대체 저놈은 누구냐? 보통 실력이 아닌 것 같은데.
네 수하냐?"

능위가 몇 겹으로 둘러싸인 포위망을 마음껏 유린하며 살
수를 뿌려대는 소면살왕을 가리키며 물었다.

"림주도 아는 사람입니다."

"본좌가?"

"알지요. 그것도 아주 잘."

능위의 거침없는 행동에 빈정이 상했던 유대웅의 입꼬리가 살짝 말아 올라갔다.

그의 의지가 전해진 것인지 마음껏 날뛰던 소면살왕이 간단히 포위망을 뚫고 유대웅을 향해 일직선으로 달려왔다.

순식간에 거리를 좁히 다가오는 소면살왕.

호기심 어린 눈으로 바라보던 능위의 얼굴이 어느 순간 조금씩 경직되기 시작하더니 종래엔 극도로 분노한 모습으로 소리쳤다.

"소면살왕!"

한진에게서 진기를 빼앗아 다소나마 내력을 회복한 것인지 아니면 소면살왕에 대한 참을 수 없는 분노 때문인지 천추세가가 떠나가라 외치는 능위의 전신에선 언제 부상을 당했냐는 듯 무시무시한 살기가 뿜어져 나오고 있었다.

그런 능위를 보며 유대웅이 피식 웃음을 터뜨리며 한마디 던졌다.

"반가워할 줄 알았습니다."

巫山三峽

第五十二章
중첩(重疊)되는 원한(怨恨)

"대, 대체 이게 무슨 짓입니까?"

육건이 두려움 가득한 얼굴로 물었다.

슬쩍 고개를 돌려보니 바로 옆에 피투성이로 변한 노인이 쓰러져 있었다.

노인이 천추세가에서 마황성에 남겨두고 간 호법 조유(趙柔)임을 확인한 육건이 소스라치게 놀랐다.

"호, 호법님!"

육건이 다급히 불러보았지만 조유에게선 아무런 반응도 없었다.

"그렇게 부를 필요 없다. 이미 숨이 끊어졌으니."

막소풍이 섬뜩한 미소를 드러내며 말했다.

"참고로 저 늙은이가 데리고 있던 놈들도 모조리 뒈졌다."

"저, 저는… 본가는 약속을 지켰습니다. 한데 어째서……."

육건은 막소풍의 눈에서 뿜어져 나오는 살기 어린 눈빛에 황급히 입을 다물었다.

"어째서? 답해주마. 첫째는 마황성에 천추세가 놈들이 머무는 것이 싫었다. 마치 점령군처럼 말이다."

"호법님께서 이곳에 남으신 것은 점령군 행세를 하려는 것이 아니었습니다."

"알지. 그저 우리를 감시하려는 목적이라는 것을 말이다. 그게 두 번째 이유다. 감히 우리를 감시하려는 죄. 그리고 마지막으로 가장 중요한 이유는."

막소풍이 잠시 말을 끊었다.

목숨이 걸린 일이었기에 육건은 자신도 모르게 침을 꿀꺽 삼키며 막소풍의 입을 뚫어지게 바라보았다.

하지만 그가 기다리는 말은 막소풍의 입이 아니라 태사의에 앉아 있던 구양걸이 입에서 흘러나왔다.

"마황성의 비극이 바로 천추세가에서 시작되었음을 알게 되었기 때문이다."

구양걸의 말이 끝나기가 무섭게 군림각의 문이 열리며 일단의 무리가 들어왔다.

앞선 사륜거(四輪車)에 몸을 의지한 사람이 마황성의 군사임을 알아본 육건의 눈이 화등잔만 해졌다.

죽었다고 알려진 제갈궁이 살아 있는 것 자체도 놀라운 일이었지만 군립각에 모인 이들이 상식적으로 결코 함께 있을 수 없는 사람들이었기 때문이었다.

"놀란 모양이군."

구양걸이 무심히 말했다.

"그, 그렇습니다."

"본좌도 상황이 이렇게 될 줄은 상상도 못했다. 제갈 군사는 과거 사형과 맞서던 노부의 진영에서 사형보다 더욱 끔찍하게 여겼던 인물이었으니까. 이십을 갓 넘겼던 나이에 어찌나 집요하고 무시무시한 계략으로 우리를 몰아붙였던지."

과거 따위를 듣고 싶은 마음은 없었다.

도대체 어째서 원수와 마찬가지인 구양걸과 제갈궁이 함께 있느냐가 미칠 듯이 궁금했다.

그런 육건의 마음을 눈치챘는지 구양걸이 너털웃음을 흘린 뒤 차분히 입을 열었다.

"사실 의심은 네가, 천추세가에서 우리를 빼낼 때부터였다. 정확하게 말하자면 수십 년간 염라옥을 지켰던 옥주가 천추세가에서 심어놓은 간자였다는 것을 알면서부터였지. 처음엔 그저 마황성을 치기 위해 우리가 필요한 것으로 이해를 했지만 그토록 오랫동안 마황성을 치기 위해 준비를 했다면 어쩌면 마황성에서 벌어진 내란에 관련이 있을 수도 있다는 생각을 했다."

구양걸의 안색이 갑자기 어두워졌다.

"그럼에도 뼈에 사무친 원한에 사로잡혀 깊은 생각을 하지는 못했다. 그때 조금 더 신중했어야 했어. 그랬다면 이런 비극은 없었을 텐데."

구양걸의 말에 군림각의 분위기가 침울해졌다.

"사형이 죽기 전에 남긴 말이 결정적이었다. 사형은 노부에게 이런 질문을 던졌다."

"사제, 우리의 다툼으로 인해 가장 이득을 본 사람은 누구라고 생각하나?'

"사형은 절대 아들의 죽음에 관계하지 않았다고 했다. 믿을 수밖에 없었다. 죽음을 앞둔 사람이 굳이 거짓말을 할 이유는 없을 테니 말이다. 여기서 질문을 하나 던지지. 네가 판단하기에 과연 우리의 다툼으로 가장 이득을 본 사람은 누구라고 보느냐?'

갑작스런 질문에 당황하던 육건은 구양걸이 던진 질문의

의도를 파악하곤 입술을 덜덜 떨었다.

"처, 천추세가란 말씀입니까?"

"글쎄."

의미심장한 웃음을 지은 구양걸이 제갈궁에게 고개를 돌렸다.

"노부가 사형의 질문으로 인해 고뇌에 빠져 있을 때 죽었다던 제갈 군사가 노부를 찾아왔다. 비록 두 다리를 잃었지만 다행이도 그의 능력을 발휘하는 데 별다른 문제는 되지 않았다."

육건은 그제야 제갈궁이 사륜거에 탄 이유를 알 수 있었다.

"우린 오랫동안 이야기를 나누었다. 기억에 의존한 대화였기에 많은 오해가 있었고 순간적으로 감정이 격해져 위험한 순간도 몇 번 있었지만 어쨌든 노부도 몰랐던 많은 일을 알게 되었다. 그리고 노부 스스로에게 다시금 물어야 했다. 과연 우리의 다툼으로 가장 이득을 본 자들은 누구인가? 정무맹일 수도 있었고 혈사림일 수도 있었다. 하지만 놈들은 감히 그럴 만한 배짱이 있을 수 없다. 만약 그런 수작질을 하다 들통이 났을 경우 뒷감당을 할 수가 없기 때문이다. 결과적으로 가장 이득을 본 곳은 오직 천추세가뿐이었다. 무려 이십 년이 지난 지금에서야 결실을 맺기는 했지만 말이다."

구양걸은 육건이 입을 열려는 것을 손짓으로 막았다.

"그 또한 심증에 불과했다. 모든 것을 보다 명확히 하려면 그만한 증거가 있어야 할 터. 단순히 심증으로 판단을 하기엔 노부가 저지른 일이 너무도 엄청났다. 문제는 너무 오랜 시간이 흘렀기에 증거를 찾을 방법이 없었다는 것이다. 그 해결책을 제시한 사람 또한 제갈 군사였다."

육건의 시선이 자신도 모르게 제갈궁에게 향했다.

"노부가 염라옥에서 탈출하는 과정에서 천추세가에서 마황성에 심어놓은 간자들의 정체가 드러났다. 네 녀석처럼 대부분 얼마 되지 않은 놈들이었지만 개중에는 수십 년간 마황성에 몸담고 있는 자들도 있었다."

순간, 육건의 뇌리에 이십 년도 훨씬 넘는 시간 동안 염라옥을 지켜왔던 옥주의 얼굴이 떠올랐다.

"대표적인 사람이 염라옥의 옥주였다. 하나, 그자를 찾았을 때 놈은 이미 천추세가의 무리들을 따라 돌아가고 있었다."

구양걸의 시선이 입꼬리를 씰룩이고 있는 막소풍에게 향했다.

막소풍이 기다렸다는 듯 입을 열었다.

"해서 노부가 천추세가의 뒤를 쫓았다. 배로 이동을 했기에 다소 버겁기는 했지만 결국 따라잡았고 혈사림 공략을 위해 하문에 상륙하는 혼란 속에서 놈을 은밀히 납치해 올 수 있었다."

육건은 옥주를 납치했다는 막소풍의 말에 기함을 했다.

아무리 혼란 중이라도 천추세가의 진영에 숨어들어 누군가를 납치해 올 수 있다는 사실 자체가 믿기 힘들었다.

"놈은 제법 똑똑했다. 노부에게 납치를 당하는 순간부터 모든 것을 파악하더구나. 스스로 목숨을 끊으려는 수작질도 여러 번이었다. 하지만 어림없는 일이지. 결국 노부는 옥주 놈을 이곳까지 끌고 오는 데 성공을 했고 그놈의 입에서 천추세가가 계획했던 더러운 음모를 파악할 수 있었다."

육건의 몸이 부르르 떨렸다.

수십 년간 마황성에서 간자로 있던 옥주가 쉽사리 입을 열지는 않았을 터. 어떤 끔찍한 수단이 동원되었을지는 상상하기도 싫었다.

"마침내 일의 전모를 알게 되었다. 마황성에 침투한 간자들이 후계 문제로 잠시 갈등이 있던 노부와 사형의 관계를 이간질하기 위해 노부의 아들을 암살했다. 그리고 그 화살을 사형에게 돌리는 데 성공을 했지. 노부의 아들을 암살한 자가……."

막소풍이 대신 답했다.

"은환살문의 전대 문주라고 했습니다."

"그래. 은환살문. 그 정도 되는 인물이 동원이 되었으니 우리가 감쪽같이 속아 넘어간 것도 이해할 만했지. 다만 아쉽고 화가 나는 것은 어째서 노부가 사형의 말을 믿지 못했냐는 것이다. 만약 노부가 결백을 주장하는 사형의 말을 끝까지 신뢰를 했다면 이런 비극은 없었을 텐데 말이다."

분노를 폭발시켜도 모자란 판에 담담히 말하는 구양걸의 음성에서 육건은 소름 끼치는 두려움을 느껴야 했다.

"애써 부정을 해보려 했지만 아마도 어떤 욕심이 있었던 것 같다. 피붙이를 마황성의 지존을 만들고자 했던 노부의 욕심. 그 욕심이 꺾였기에 이성을 잃었던 것이고."

구양걸의 탄식에 군림각에 잠시 침묵이 찾아왔다.

"이제 그 대가를 받아내려고 한다. 너를 살려둔 것은 이런 노부의 결심을 천추세가에 알리기 위함이었다."

"저, 저를 살려주시는 겁니까?"

"살려준다. 가서 전하라. 수십 년에 걸친 선물은 잘 받았으니 이제 우리가 그 답례를 해줄 차례라고 말이다."

구양걸의 말이 끝나기를 기다렸던 막소풍이 육건을 포박했던 줄을 끊었다.

"당장 꺼져라. 태상께선 네놈을 살려 보내려고 하시지만 노부의 심정 같아서 갈아 마셔도 시원찮으니 말이다."

"가, 감사합니다. 감사합니다, 어르신."

구양걸을 향해 몇 번이나 머리를 조아리던 육건은 거의 끝려나오다시피 하여 군림각을 떠나게 되었다.

육건이 사라진 것을 확인한 제갈궁이 조용히 말했다.

"지금이라도 생각을 돌리실 생각은 없으십니까?"

제갈궁은 구양걸이 천추세가에 등을 돌렸음을 굳이 알리고 싶지 않았다.

결정적인 순간에 뒤통수를 쳐야 치명적인 타격을 입힐 수 있기 때문이었다.

하지만 구양걸은 자신의 생각을 꺾지 않았다.

"놈들처럼 비겁한 꼼수를 부릴 생각은 없다. 노부 개인의 이름을 걸고 하는 복수라면 모를까 마황성이란 이름을 앞세울 땐 언제나 당당해야 한다. 사형도 그걸 바라실 거고."

맞는 말이었다.

마존 엽소척이었다고 해도 성격상 구양걸과 같은 판단을 했을 것이다.

"이제 어찌해야 하는 것이지, 군사?"

과거의 모든 오해를 풀고 천추세가라는 공통의 적을 맞이한 구양걸은 제갈궁을 군사의 지위로 대해 주었다.

"어제 말씀드렸다시피 무림의 운명을 결정짓는 싸움은 결국 장강에서 벌어질 수밖에 없습니다. 혈사림까지 완벽하게 무너진 상황에서 천추세가와 자웅을 겨룰 수 있는 곳은 오직 장강수로맹뿐입니다."

"하면 우리 또한 장강으로 가야겠군."

"예."

"궁금하군. 대체 어떤 인물이기에 한낱 수적단체를 무림의 운명을 좌우할 수 있도록 키운 것인지."

"화산검선의 제자라는 놈이 수적질을 하는 것부터 수상하기는 합니다."

막소풍이 고개를 절레절레 흔들었다.

유대웅이 화산검선의 제자라는 말을 들었을 때 어찌나 놀랐던가.

지금 생각해도 기가 막혔다.

"인물은 인물입니다. 그랬기에 화산검선이 그를 제자로 삼은 것이고 까탈스럽기로 유명한 장강무적도가 그의 곁에 머무는 것이겠지요. 아마도 직접 보시면 제 말뜻을 이해하실 수 있을 겁니다."

"음. 기대가 되는군."

"그리고 태상."

구양걸이 제갈궁을 군사라 칭하는 것처럼 그 역시 구양걸을 과거의 지위 그대로 부르고 있었다.

"말해라."

"환영받지 못할 겁니다."

"당연하다. 기대한다는 것 자체가 웃긴 일이지."

"어쩌면 적대시할 수도 있습니다."

"사부가, 혈육이, 동료들이 어이없게 목숨을 잃었다. 당연한 일이고 그 또한 노부가 감수해야 하는 일이다. 혹여 오해가 있을 수 있기에 미리 말해두건대 노부는 마황성에 욕심이 없다. 지금은 물론이고 차후에도 마찬가지다. 그저 죄인으로서 사형과 마황성에 진 빚을 조금이나마 갚고 싶을 뿐이다."

"감사합니다."

제갈궁이 공손히 말했다.

막소풍을 비롯하여 몇몇이 다소 불만스런 표정을 짓고 있었지만 구양걸은 그들의 반응을 깔끔하게 무시했다.

"출발은 언제 하는 것이 좋겠느냐?"

"빠르면 빠를수록 좋을 것입니다."

"알았다. 어차피 움직일 인원도 많지 않으니 최대한 빨리 준비토록 하지. 곽검."

"예, 태상."

일성대주 곽검이 앞으로 나섰다.

"들었느냐?"

"들었습니다."

"최대한 빨리 준비해라. 장강으로 갈 것이다."

"존명!"

한쪽 무릎을 꺾은 곽검이 군림각이 쩌렁쩌렁 울릴 정도로 힘차게 명을 받았다.

＊　　　＊　　　＊

"지, 지금 그게 무슨 소리냐? 어디가… 어디가 어떻게 돼?"

덜덜 떨리는 음성으로 되묻는 소숙의 얼굴은 이미 딱딱하게 굳어 있었다.

"본가가, 본가가 잿더미로 변해 버렸다고 합니다."

무릎을 꿇고 보고를 하는 모진의 눈에서 굵은 눈물이 뚝뚝 떨어졌다.

충격을 이기지 못한 소숙의 몸이 휘청거렸다.

"군사님."

모진이 재빨리 소숙의 몸을 부축했다.

모진은 혼절을 한 소숙을 침상에 누이고 다급히 의원을 불렀다.

소숙은 허겁지겁 달려온 의원이 손톱만 한 알약 몇 개를 물에 녹여 먹이고 시침을 한 이후에야 비로소 정신을 차렸다.

"괜찮으십니까?"

소식을 듣고 황급히 달려온 뇌화문주 허량이 걱정 가득한 얼굴로 물었다.

"괜찮소."

"취운각주에게 대충 얘기는 들었습니다만 대체 이게 어찌 된 일이랍니까?"

구룡상회를 이끌고 있는 한회가 벌게진 눈으로 물었다.

방에 모인 뇌화문주나 흑랑회주도 침통함을 감추지 못하고 있었지만 모든 피붙이가 본가에 있는 한회의 격정은 그들과는 차원을 달리했다.

"노부도 자세히 듣지 못했다. 이제부터 확인을 해봐야지."

힘겹게 의자에 앉은 소숙이 자꾸만 아득해지는 정신을 겨우 부여잡고 입을 열었다.

"자세히 말해봐라. 대체 어떤 놈들이 본가를 공격……."

불현듯 한 사람의 이름이 떠올랐다.

"유대웅. 장강수로맹의 맹주더냐?"

"그렇습니다."

모진이 이를 꽉 깨물며 대답했다.

"아!"

소숙의 입에서 안타까운 탄식이 터져 나왔다.

참회옥의 일이 불거졌을 때부터 이상하게 불안한 마음이 가시질 않았는데 결국 일이 터지고 만 것이다.

"참회옥을 공격하고 곧바로 본가까지 이동을 한 것이구나. 그런 놈을 잡기 위해 장강으로의 통로만을 집중적으로 확인을 했으니. 그마저도 제대로 차단이 되지 않았고."

최근 참회옥에서 탈출한 자들이 군산에 도착했다는 보고를 상기한 소숙의 입에서 다시금 한숨이 흘러나왔다.

"죄송합니다."

모든 것이 자신의 잘못인 양 모진은 감히 얼굴을 들지 못했다.

비단 모진만이 아니었다.

흑랑회주 좌청패 또한 붉어진 얼굴을 감추지 못했다.

어쩌면 지금 벌어지는 모든 일이 참회옥을 제대로 지키지 못한, 그리고 사건을 감추기에 급급했던 동생 좌욕의 실책으로 인해 시작되었다고 해도 과언이 아니기 때문이다.

"처음부터 작정을 한 것이야. 실로 무서운 놈이 아니더냐? 어찌 그만한 인원으로 본가를 칠 생각을 할 수 있다는 말이냐."

이제는 분노를 넘어 감탄까지 할 지경이었다.

"본가를 공격한 자들은 그들만이 아니었습니다."

모진의 말에 한회의 짙은 눈썹이 꿈틀댔다.

"그들만이 아니라면 다른 세력이 연계했단 말이오?"

"음, 그럴 수도 있겠지. 장강이북을 평정했다고는 하지만 여전히 많은 자가 음지에 숨어 있을 테니까."

허량이 고개를 끄덕였다.

"누구냐, 그들이?"

소숙이 물었다.

"혈사림주였습니다."

또 한 번의 충격이 방 안에 휘몰아쳤다.

"마, 말도 안 돼!"

가장 격렬하게 반응한 사람은 능위를 치는 데 직접 관여한 은환살문의 노살수 설유였다.

"있을 수 없는 일입니다. 문주께서 그의 단전을 완벽하게 박살을 냈습니다."

"하지만 유대웅 등이 공격을 하기 전 능위가 선공을 한 것은 틀림없는 사실입니다."

모진의 대답에 설유는 여전히 믿기지 않는다는 표정이었다.

"하면 그 짧은 사이에 무공을 회복했다는 말이로군. 한데 본가를 공격을 한 자들의 수는 얼마나 되었다고 하던가?"

허량이 물었다.

"능위와 혈영노괴를 비롯하여 열 명 남짓이었다고 합니다."

방에 모인 이들의 눈이 동그래졌다.

"한 줌도 되지 않는 인원으로 본가를 공격했단 말인가?"

"그렇습니다."

"그 정도로 무모했다는 것은 스스로 무공에 자신이 있었다는 말. 잃었던 무공을 회복한 모양이군.”

“양 장로님께서 보내신 소식에 의하면 그렇습니다.”

“대장로께서 무사하셨던가?”

좌청패의 말에 모진의 안색이 급격하게 어두워졌다.

“본가가 잿더미가 되었다면 그만큼 피해가 컸을 터. 얘기 해 보거라. 어느 정도의 피해를 당한 것이냐?”

소숙이 애써 마음을 진정시키며 물었다.

모진은 침통한 표정으로 쉽게 대답을 하지 못했다.

방에 있는 모든 이의 표정 또한 덩달아 어두워졌다.

모진의 표정만으로도 본가에 얼마나 큰 피해가 발생했는 지 느낄 수 있었기 때문이었다.

“피해 상황을 물었다.”

소숙이 재차 묻자 모진이 힘겹게 입을 열었다.

“능위, 유대웅 등과 직접 싸움을 하셨던 원로원주님 이하 다섯 분의 원로께서 모두 목숨을 잃으셨습니다.

소숙이 초인적인 인내력을 발휘하며 두 주먹을 꽉 쥐고 다 음 말을 기다렸다.

“더불어 본가에 남아 계시던 네 분의 장로와 세 분의 호법, 여섯 명의 식객도 모조리 목숨을 잃었습니다. 어르신들 중 살 아남으신 분은 대장로뿐입니다.”

아무도 입을 열지 못했다.

모진이 언급한 원로, 장로들의 실력을 감안했을 때 천추세가 본가에 남은 전력은 결코 무시할 수 있는 수준이 아니었다.

마음만 먹는다면 어지간한 문파는 눈 깜짝할 사이에 흔적도 없이 지워 버릴 수 있을 정도로 막강한 전력이었다.

"유대웅과 함께 움직인 병력도 많지는 않을 것으로 아는데?"

"예, 혈사림보다 더 적었습니다."

"그런데도 그 정도의 피해를 당했단 말인가? 천추세가에 남은 병력만 삼백이 넘네."

허량이 경악을 금치 못했다.

"그 삼백 중 살아남은 사람이 백이 안 됩니다."

"허!"

허량의 입이 쩍 벌어졌다.

"기가 막힐 노릇이군. 이십도 채 되지 않는 적에게 그토록 처참하게 당했다니."

"다른 식솔들은 어찌 되었소? 설마하니 모두 당한 것이오?"

한회가 두려움이 가득한 얼굴로 물었다.

"다행히 식솔들은 무사합니다. 본가가 불에 타기 전, 모두 빠져나온 것으로 압니다."

"다행… 이구려."

"그나마 대장로께서 올바른 판단을 하신 것 같습니다. 끝까지 항전을 하겠다는 이들을 설득하여 뒤로 물리고 그들로 하여금 식솔들까지 구하게 했으니까요."

"놈들이 그걸 용인했단 말이냐? 능위의 성격상 그냥 지켜보고 있지는 않았을 터인데."

소숙이 무거운 얼굴로 물었다.

"정확한 것은 모르겠습니다. 다만 선공을 한 능위와 그의 수하들의 목숨을 취하려는 순간 유대웅이 개입을 했다고 하는 것을 보면 혈사림은 더 이상 공격할 여력이 없었던 모양입니다."

"유대웅 또한 여력이 없기는 마찬가지겠지. 인원도 적었고."

좌청패의 말에 모진이 고개를 저었다.

"비록 인원은 적었지만 유대웅을 비롯하여 그를 따르는 자들의 실력이 실로 뛰어났다고 합니다. 특히 본가 병력의 절반 이상을 혼자 도륙한 괴물의 존재는 악몽과 같다고 하셨지요. 대장로께서 말씀하시기를 만약 유대웅이 마음만 먹었다면 단한 사람도 살아남지 못했을 것이라 했습니다."

"지금 뭐라 했나? 병력의 절반을 혼자 도륙해?"

"그렇습니다."

"유대웅 말고 그런 실력자가 또 있었단 말인가?"

좌청패의 물음에 모진은 잠시 소숙의 눈치를 살폈다.

순간, 뭔가를 깨달은 소숙의 안색이 확 변했다.

"혹시 그것이더냐?"

음성이 절로 떨렸다.

"보다 정확한 것은 조사를 해봐야 알겠지만 아무래도 그런 것 같습니다."

"맙소사!"

소숙은 비명과도 같은 탄식을 내뱉으며 머리를 감싸 쥐었다.

갑작스런 소숙의 행동에 다들 당황함을 감추지 못했다.

"그자의 정체가 뭐기에 군사께서 저리 놀라시는 건가?"

허량이 물었다.

처음엔 그 존재에 대해 침묵을 하려던 모진은 어차피 밝혀질 사실이란 생각에 입을 열었다.

"불사완구입니다."

"불사완구?"

되묻는 허량의 얼굴엔 약간의 실망이 섞였다.

불사완구가 강력하다는 것을 알고 있었지만 소숙이 그토록 기겁할 정도로 위협적인 무기는 아니라는 판단 때문이었다.

그건 다른 사람도 마찬가지였다.

"본가에 나타난 불사완구는 일반 불사완구와는 다릅니다."

모진의 음성이 더없이 심각해졌다.

"그 불사완구는 가주님을 위해 특별히 만들어지던 것이었습니다. 아직 완성되지 않은 것으로 보고를 받았지만 결과적으로 착오였던 것 같습니다."

모두의 표정이 딱딱히 굳었다.

가주를 위해 만들어지고 있던 불사완구라는 말에 비로소 일의 심각함을 느끼는 듯했다.

"일전에 취한 불사완구는 해사방의 수적들이었습니다. 그리고 이번에 만들어진 불사완구는……."

쉽게 입을 열 수 없었던지 모진이 두 눈을 질끈 감았다.

"소면살왕입니다."

꽝!

묵직한 둔기로 뒤통수를 맞은 듯한 충격에 다들 정신을 차리지 못했다.

부릅뜬 눈, 쩍 벌어진 입이 그들이 지금 얼마나 놀라고 있는지를 여실히 보여줬다.

"소, 소면살왕이라고 했는가?"

허량의 목소리가 마구 떨렸다.

"예."

모진이 기어들어가는 음성으로 대답했다.

"이게 가능한 이야기야? 대체 어째서 소면살왕이 불사완구로 변한 건가?"

무림십강 중 한 명이 불사완구로 변했다는 것을 믿기 힘들었던 좌청패가 불신 가득한 얼굴로 물었다.

모진은 대답하지 않았다.

조용히 얘기를 듣고 있던 설유가 가만히 눈을 감았다.

그는 능위와 소면살왕의 처절한 싸움을 직접 목도했다.

큰 부상으로 생사의 기로에 섰던 소면살왕을 잠혼에게 넘긴 것도 바로 그들이었다.

비록 간발의 차이로 패하고 말았지만 당시 소면살왕이 보여준 무공은 지켜보는 것만으로도 소름이 끼칠 정도로 대단했다.

그런 소면살왕이 불사완구로 변했다면 그것은 곧 재앙 그 자체라 할 수 있었다.

"그런데 모진."

"예, 군사님."

"아직 한 사람의 안위에 대해 얘기하지 않았다."

소숙의 표정이 더없이 무거웠다.

소숙의 말뜻을 이해한 모두의 얼굴이 확 변했다.

"진아는, 그 아이는 어찌 되었느냐?"

"두, 둘째 공자님은……."

모진은 차마 대답을 하지 못하고 고개를 떨구고 말았다.

그것만으로도 충분한 대답이 되었다.

다들 한진이 싸움에 휘말려 목숨을 잃은 것이라 여겼다.

그러나 힘겹게 이어지는 모진의 설명에 더할 수 없는 분노를 느껴야만 했다.

"능위 이놈! 아무리 원한에 눈이 뒤집혔다고 무인으로서 이따위 치졸한 복수를 하다니! 절대로, 절대로 용서치 않을 것이다."

소숙이 피를 토하는 심정으로 복수를 다짐했다.

천추세가 진영에 충격과 분노, 절망감이 휘몰아칠 때 이와는 반대로 유대웅의 활약이 전해진 태호청은 그야말로 열광의 도가니로 변해 버렸다.

천추세가에 남아 있던 고수들과 병력의 상당수를 제거하는 데 성공한 것은 실로 엄청난 성과라 할 수 있었다.

그들이 천추세가의 주력은 아닐지라도 그동안 천추세가의 공세에 짓눌렸던 군웅의 울분을 한 번에 씻어주는 쾌거였다.

천추세가의 모든 건물이 잿더미로 변해 버렸다는 것은 덤이었다.

"허허! 이걸 무모하다고 해야 하는 것인지 대단하다고 해야 하는 것인지 모르겠군. 어느 정도 성과가 있으리라곤 생각을 했지만 솔직히 이 정도까지 대단한 성공을 거둘지는 몰랐는데."

황하련주 백규가 기분 좋게 술잔을 들었다.

유대웅과 함께 천추세가를 공략한 이들 중 한 명이 아끼는 수하 율인이라는 것에 더 기분이 좋은 듯했다.

"그보다는 능가 놈이 부활을 했다는 것이 더 놀랍군. 이대로 사라질 놈은 아니라고 생각은 했지만 이토록 빠른 시간 내에 모습을 드러낼 줄은 몰랐어. 게다가 몇 되지도 않는 수하들을 이끌고 천추세가 본가를 공략하다니 이건 뭐 맹주보다 훨씬 더 무모한 인간이 아닌가."

뇌하가 백규와 술잔을 부딪치며 웃었다.

"그런데 능가 놈도 이곳으로 오는 것이냐?"

뇌하가 장청에게 물었다.

"아닙니다. 맹주의 권유를 거부했다고 합니다."

"아마도 제 수하들을 만나러 갔겠지요. 천추세가의 공격을 받을 때 일부 병력이 탈출을 했다고 하니까 말입니다."

자우령의 말에 다들 고개를 끄덕였다.

"저쪽에 있는 놈들 분위기는 어떠냐? 우리보다 더 빨리 소식을 전해 들었을 텐데 말이다."

백규의 말에 다들 궁금하다는 듯 장청을 바라보았다.

"아직 제대로 알려지지 않아서 그런지 별다른 동요는 없는 듯합니다. 하지만 내일쯤이면 상황이 달라지겠지요."

"정보를 통제할 수도 있다."

장청이 사도진과 항몽을 힐끗 바라보며 웃었다.

"그렇게는 안 될 겁니다."

자신만만한 장청의 대답에 백규가 너털웃음을 지었다.

"어련하겠느냐? 아무튼 본격적인 공격을 앞둔 시점에서 최상의 결과가 나왔다. 아군의 사기가 부쩍 오르겠어."

자우령이 마주 웃으며 대꾸했다.

"반대로 적의 사기는 확 꺾이게 되겠지요."

"그런데 공격 시점을 조금 앞당기는 것이 어떻겠습니까?"

백곤이 좌중의 눈치를 살피며 조심스레 말을 이어갔다.

"예정대로라면 공격은 이틀 후, 자정입니다. 하지만 그때쯤이면 놈들이 받을 충격이 다소 희석되지 않았겠습니까? 충격이 큰 지금 공격을 하는 것이 맞다고 생각합니다만."

태호청에 모인 몇몇 사람이 동의를 한다는 듯 고개를 끄덕였다.

"같은 생각이네. 공격을 하려면 한꺼번에 몰아치는 것이 낫지 않겠는가?"

이휘가 백곤의 의견에 힘을 실어주었다.

장청이 회의적인 얼굴로 고개를 흔들었다.

"계획을 갑자기 변경하게 되면 석림산(石林山)에 숨어 있는 마황성의 병력과 부운령(浮雲嶺)에서 대기하고 있는 병력이 서둘러 이동을 해야 합니다. 지금처럼 야간에만 이동을 해서는 때를 맞출 수가 없기 때문이지요. 다만 걱정은 그 과정에서 천추세가의 이목에 노출될 가능성이 있다는 것입니다. 그들의 존재는 결정적인 순간이 올 때까지 철저하게 감춰져야 합니다."

"흠, 일리가 있는 말이군. 전력상 우위에 있는 것도 아닌데 굳이 패를 보여줄 필요는 없지. 지금은 심리전을 강화하는 것이 더 좋을 것이네."

마독의 말에 백규가 고개를 갸웃거렸다.

"심리전? 그건 또 무슨 말인가?"

"선배님의 말씀대로 천추세가의 수뇌들은 아마도 어느 정도는 정보를 통제하려 할 것입니다. 그리고 군사의 태도를 보니 이미 이에 대한 대책도 마련되어 있는 것 같군요, 아닌가?"

"맞습니다."

장청이 고개를 끄덕였다.

"어떤 계획을 가지고 있는지는 모르나 단순히 천추세가의 상황을 알리는 것에 더해 소문을 조금 부풀리는 것도 좋을 것 같네. 가령 목숨을 부지하고 있는 천추세가의 식솔들이 모조리 우리 쪽의 포로가 되었다거나 아니면 혈사림을 공격했던 천추세가의 가주가 불의의 일격을 당해 큰 부상을 입었다는 식도 괜찮겠군."

"놈들이 그런 허황된 소문을 믿을까?"

자우령이 고개를 갸웃거렸다.

"천추세가의 본가가 잿더미가 되었습니다. 누가 감히 상상이나 했던 일입니까? 그 일이 현실이 된 지금 당분간은 그 어떤 거짓도 진실이 될 수 있습니다."

"그렇군. 잘만 이용하면 정말 극도의 혼란을 줄 수도 있겠어. 수뇌 놈들이 아무리 진정시키려고 해봐야 본가가 잿더미로 변했다는 것은 엄연한 사실이니 뜬소문이라도 쉽게 가라앉지 않을 것이고."

"예, 소문이 허황되고 과장될수록 적의 사기는 떨어질 것입니다."

"감사합니다, 장로님. 큰 도움이 되었습니다."

장청이 마독에게 머리를 숙였다.

그리곤 사도진과 항몽에게 시선을 돌렸다.

굳이 언질을 하지 않아도 이후의 일은 두 사람이 알아서 할 터였다.

"자, 이 시점에서 정말 궁금하군. 우리와 마주하고 있는 자들이야 당장 큰 변화를 보일 수는 없겠지만 외부로 나가 있는 자들은 다르지. 천추세가의 가주가 어찌 반응을 할지 정말 궁금해."

뇌하가 술잔을 빙글빙글 돌리며 웃었다.

*   *   *

"부르셨습니까?"

문을 열고 들어선 천검의 태도는 극도로 조심스러웠다.

"앉아."

홀로 술병을 기울이고 있던 한호가 손짓을 했다.

"제가 한 잔 올리겠습니다."

한호와 마주 앉은 천검이 얼른 술병을 집었다.

묵묵히 잔을 드는 한호의 낯빛은 제법 불콰하게 변해 있었다.

탁자 위와 바닥에 굴러다니는 술병을 헤아려 보건대 상당한 과음을 한 듯했다.

아무런 말도 없이 천검과 몇 잔의 술을 주고받은 한호가 지나가는 말투로 한마디를 툭 던졌다.

"다들 뭐래?"

올 것이 왔다고 생각한 천검이 자세를 고쳐 잡았다.

"홍분은 조금 가라앉은 상태입니다. 가주님과 마찬가지로 대부분이 술로써 분노를 삭히고 있습니다만 크게 걱정하실 정도는 아닙니다."

처음 본가의 소식이 전해졌을 때 당장 복수를 해야 한다며 날뛰던 이들의 모습을 떠올린 한호가 쓴웃음을 지었다.

"마황성에서도 문제가 생겼다고?"

"예, 구양걸이 배반을 했습니다."

천검이 자신도 모르게 살기를 드러냈다가 재빨리 지웠다.

"그거야 네 생각이고. 따지고 보면 배반을 한 것은 아니지. 과거 우리가 계획했던 것을 눈치챘다면 그들로선 당연한 행동이야."

"차라리 마황성을 칠 때 없애서 후환을 남겨두지 않는 것이 좋을 뻔했습니다."

"글쎄. 그럴 수도 있겠지."

한호는 천검의 말에 고개를 끄덕이기는 했지만 그다지 동조하는 모습은 아니었다.

"그래서 대책은?"

"잠혼 몇을 급파했습니다. 마황성을 감시하던 취운각의 정보원들과 연계하여 놈들의 움직임을 면밀히 파악할 생각입니다."

"아마도 장강으로 움직일 거다."

"예?"

"복수심에 불탄다고 해도 그들이 바보는 아니야. 단독으론 아무것도 할 수 없다는 것을 모르지 않을 터. 함께 복수를 할 조력자를 찾을 것이다."

"그곳엔 기존 마황성의 잔당들이 있습니다. 오해라는 것이 밝혀진다고 해도 쉽게 융화가 되겠습니까?"

천검은 다소 회의적인 시선이었다.

"쉽게 융화가 될 리는 없겠지. 하지만 큰 문제도 없을 것이다. 원래 복수라는 것이 악마와도 손을 잡게 만드는 것이니까."

"군사님께 따로 보고를 올리겠습니다."

"그럴 필요까지는 없다. 사부께서 그 정도도 예측하지 못하실 분은 아니니까. 그나저나 사부께선 별다른 연락이 없느냐?"

"철수를 준비하겠다고 언급하신 전갈 외에는 아직 다른 연락은 없습니다."

"음."

나직한 신음과 함께 한호의 눈이 감겼다.

천검은 석상처럼 그 자리에 앉아 한호의 눈이 떠지기만을 기다렸다.

제법 시간이 흐른 후, 한호가 천천히 눈을 떴다.

심연처럼 가라앉은 눈동자를 마주하자 절로 숨이 막혔다.

"천검."

"예, 가주님."

"사부께 연락을 보내라. 회군은 없다."

"하지만 가주님."

천검이 깜짝 놀라 입을 열 때 한호가 그의 말을 끊었다.

"본가의 수습은 대장로와 살아남은 이들로 충분하다. 우리는 우리가 할 일을 한다. 우선 잠혼을 동원하여 혈사림의 잔당을 쫓는다. 능위의 자존심을 생각해 볼 때 유대웅을 따라가지는 않았을 것이다. 혈사림의 잔당을 쫓다 보면 놈의 행방은 자연적으로 파악이 될 것이다."

"알겠습니다."

"군이 유대웅을 쫓을 필요는 없다. 아니, 도발을 해온다고 해도 가급적 피하라고 전해라. 현재 그자를 상대할 수 있는 사람은 없다. 오히려 피해만 늘어날 뿐이다. 더구나 소면살……."

한호가 잠시 말을 멈췄다.

불사완구로 변한 소면살왕이 유대웅의 손에 들어간 것은 뼈저린 손실이었다.

생각하면 생각할수록 안타깝고 분통이 터졌다.

"그가 부리는 불사완구와는 절대로 충돌을 피해야 한다.

놈을 상대할 수 있는 사람은 오직 나뿐이다. 또한……."

한호의 본의 아니게 다시 끊겼다.

천검은 함부로 문을 열어 말을 끊은 인요를 죽일 듯 노려보았다.

평소 천검을 가주 이상을 두려워하고 어려워했던 인요는 천검의 반응은 신경도 쓰지 않고 한호를 향해 걸어갔다.

인요의 표정과 행동에 불길함을 느낀 천검이 소리치듯 물었다.

"무슨 일이냐?"

"가, 가주님."

"무슨 일이냐고 물었다."

천검이 버럭 소리를 질렀다.

그제야 정신을 차린 인요가 들고 있던 서찰을 천검에게 전했다.

빼앗듯이 서찰을 낚아챈 천검.

서찰의 내용을 읽어가는 천검의 얼굴이 딱딱하게 굳다 못해 시꺼멓게 변해 버렸다.

"무슨 내용이기에 그리 놀래?"

한호가 담담히 물었으나 은연중 드러나는 불안함을 감추지는 못했다.

"두, 둘째 공자께서……."

한호가 손을 뻗었다.

천검의 손에 들렸던 서찰이 한호의 손으로 빨려 들어갔다.

"음."

한호의 입에서 무거운 신음이 흘러나왔다.

서찰을 꽉 움켜쥐는 한호의 눈빛은 지금껏 보지 못한 섬뜩한 것이었다.

차가운 눈빛, 은연 중 뿜어져 나오는 살기가 어찌나 살벌한지 온몸에 소름이 돋을 정도였다.

"바보 같은 놈."

허탈하게 한마디 내뱉는 한호의 손에서 서찰은 한 줌 재가되어 흩어졌다.

방 안 가득 질식할 것만 같은 침묵이 이어졌다.

일각 여가 흐른 후, 한호가 침묵을 깼다.

"이것으로 장강으로 가야 하는 이유가 더욱 명확해졌구나. 장강수로맹을, 마황성을, 혈사림의 잔당을 모조리 쓰러뜨리고 대업을 마무리한 후 본가로 돌아간다. 이번에 희생된 식솔들의 장례는 그 이후에 치를 것이다."

"군사께 바로 전서구를 띄우겠습니다."

"사람의 마음은 참으로 이기적이구나. 애당초 시작은 우리가 했고 수많은 사람이 우리에게 피의 복수를 다짐했지. 그럴 수 있다고 생각했다. 이해도 했다. 하지만 정작 당하고 나니

이 끓어오르는 분노는 뭐란 말이냐? 열 배, 백 배로 갚아주고 싶은 마음은 무엇이냔 말이다."

"가주님."

천검의 눈동자가 마구 흔들렸다.

평생을 곁에서 지켰지만 한호가 지금처럼 흔들리는 보이는 모습을 본 적이 없었기에 놀라움은 더욱 컸다.

"천검."

한호의 분위기가 확 변했다.

"예, 가주님."

"모두에게 전해라. 날이 밝는 대로 서북진한다."

"서북진이라 하시면……"

천검의 뇌리에 남궁세가란 이름이 떠올랐다.

"앞에 걸린 모든 장애물을 치우고 장강으로 갈 것이다."

"존명!"

천검이 힘차게 허리를 꺾으며 명을 받았다.

한호의 손에서 재가 되어 흩어진 서찰.

능위의 손에 폐인이 된 한진이 스스로 목숨을 끊었다는 소식은 그렇잖아도 혈풍에 시달리고 있는 무림에 이전과는 비교도 되지 않을 거대한 혈풍을 불러일으켰다.

*　　　*　　　*

칠흑같이 어두운 밤.

일단의 무리가 은밀히 이동을 하고 있었다.

그 수가 무려 이백에 육박할 정도였지만 마치 한 몸이 움직이는 듯 발자국 소리는 물론이고 호흡 소리마저 들리지 않았다.

때때로 들려오는 옷깃 스치는 소리만이 그들의 존재를 일깨워주고 있었다.

"모인산(毛人山)입니다, 대공자."

조용히 곁으로 다가온 천마단주 임검혼(林劍魂)의 말에 깊은 생각에 잠겨 있던 적우가 고개를 들었다.

"시간은 얼마나 되었지?"

"해가 뜨려면 아직 반 시진 정도 남아 있습니다."

"생각보다 빨리 도착했군."

"마월영의 요원들이 애쓴 덕분입니다."

"음."

적우도 인정한다는 듯 고개를 끄덕였다.

장강이북으로 물러난 천추세가를 공격하기 위해 장청은 군산에 모인 병력을 세 갈래로 나누었다.

군산을 중심으로 마황성의 일부 병력은 장강의 상류를 거슬러 올라갔고 청우가 이끄는 병력은 장강의 하류로 내려갔다.

천추세가의 감시망을 뚫기 위해 장강을 오고가는 수많은 상선과 어선, 유람선을 이용해서 치밀하게 이동을 시작한 그들은 천추세가의 이목이 미치지 않는 곳에서 집결하는 데 성공했다.

군산에서 강을 건너면 반나절 거리도 되지 않는 곳에 진을 치고 있는 천추세가를 치기 위해 무려 닷새 이상을 이동해야 하는 수고를 마다치 않은 것이다.

일차 집결지에 모인 이들은 천추세가의 이목을 따돌리는 데 일단 성공을 했지만 행여나 들킬까 이후의 행보도 극도로 조심했다.

이동은 해가 떨어진 이후에나 시작했고 날이 밝으면 반드시 산속에서 은신하며 완벽하게 흔적을 감추었다.

또한 이동시에도 최소한 팔방(八方)으로 척후를 보내 감시를 했는데 청우가 이끄는 병력은 주로 하오문이, 그리고 마황성에선 마월영의 요원들이 활약했다.

특히 직접적인 싸움에서 배제된 마월영의 요원들은 이동을 할 때는 척후로, 동료들이 쉴 때에는 경계병을 자청하며 온갖 노고를 마다치 않았다.

이번 기습작전이 제대로 성공을 한다고 가정했을 때 어쩌면 가장 큰 공은 바로 그들에게 있다고 해도 과언은 아니었다.

"아까부터 무슨 생각을 그리하고 있는가?"

후미 쪽에 있던 고독검마가 조용히 다가와 물었다.

"혹 태상 때문인가?"

"……."

적우의 눈동자가 크게 흔들렸다.

"확실히 어려운 문제긴 하지."

"사부께서 그자의 손에 돌아가셨습니다. 또한 천추세가를 도와 마황성을 무너뜨리는 데 일조를 한 배반자들입니다."

적우의 이글거리는 눈을 가만히 바라보던 고독검마가 고개를 흔들었다.

"그렇게 단정 지을 수 없다는 것을 알지 않는가? 그랬기에 자네도 고민을 하는 것이고, 아닌가?"

순간, 적우의 몸이 움찔했다.

그것을 놓치지 않은 고독검마가 재빨리 말을 이었다.

"어찌 보면 가장 큰 피해자는 태상이라 할 수 있네. 천추세가의 간계에 속아 가족도, 수하도 잃고 이십 년이 넘는 세월을 염라옥에서 보냈으니 말이야."

"자업자득이겠지요."

적우가 냉소를 지었다.

그는 당시 마황성이 최악의 위기를 맞이한 것은 천추세가의 음모도 음모였지만 구양걸이 엽소척의 말을 끝까지 믿지 못했기에 벌어진 일이라 판단하고 있었다.

만약 구양걸이 엽소척의 말을 신뢰했다면, 그래서 보다 차분히 사건의 전모를 파헤쳤다면 천추세가의 음모도 분쇄되었을 것이고 마황성이 천추세가에 처참하게 무너지는 일도 없으리라 여기는 것이다.

"군사의 전갈에 의하면 천추세가의 음모를 알게 된 태상은 모든 것을 내려놓았다고 하네. 그리고 오직 복수만을 위해 장강으로 향하고 있다고 했네."

"……."

"그들을 어찌 대할지는 자네의 판단에 맡기지. 누가 뭐라고 해도 마존의 유지를 잇는 사람은 대공자 자네니 말일세. 노부는 물론이고 모든 사람이 자네의 결정을 지지하고 따를 것이네. 하지만 명심할 것이 있네. 적은 강하네. 강해도 너무 강해. 솔직히 이번 작전이 성공한다고 해도 놈들에게 얼마나 큰 타격을 입힐지도 알 수 없을 정도지. 주력이 빠진 상황에서 이 정도니 천추세가의 가주가 직접 병력을 이끌고 온다면 어찌 될지 가늠조차 되지 않는군. 장강수로맹의 전력이 무시하지 못할 정도라고는 하나 마황성에 비할 바는 아니라고 보네. 인정하는가?"

고독검마의 물음에 적우가 굳은 얼굴로 고개를 끄덕였다.

"그렇긴 하지요."

"그런 마황성을, 혈사림을 무너뜨린 거대한 적이 다가오는 상황에서 태상과 그의 수하들은 틀림없이 큰 힘이 될 것이네. 받아들이라는 말은 아니네. 용서? 어림도 없는 소리지. 다만 눈앞의 적을 두고 있는 지금 우리끼리, 아니, 정정하지. 같은 적을 두고 있는 사람들끼리 충돌을 해서는 안 된다는 생각하네. 아마 군산에서도 그것을 상당히 걱정하고 있을 것이야."

"무슨 말씀을 하시는 건지, 무슨 걱정을 하시는 건지도 잘 알고 있습니다. 그러나 사람 마음이라는게 마음대로 안 되는 건 장로님도 아시지 않습니까? 사부님의 죽음만 생각하면 지금도 피가 거꾸로 솟구칩니다. 이유야 어찌 되었든, 그것이 적의 음모든 실수든 그가 사부님을 해한 원수라는 것은 변하지 않는 사실입니다. 결코 용서할 수는 없습니다."

"하지만⋯⋯."

고독검마가 입을 열려고 하자 적우가 가만히 고개를 흔들었다.

"그토록 기다리던 공격이 내일입니다. 지금은 앞으로의 일 보다는 이번 공격에 대해서만 집중을 하는 것이 좋겠습니다. 그들에 대해선 나중에 조금 더 차분히 생각을 해보도록 하지요."

큰 싸움을 앞두고 더 이상 적우의 심기를 불편하게 하는 것도 좋은 생각은 아니라는 생각을 한 고독검마가 애써 밝은 표정을 지으며 말했다.

"자네 말이 맞네. 우선 중요한 것은 바로 내일의 싸움이지. 쉬도록 하게."

고독검마가 조금은 씁쓸한 얼굴로 돌아서자 굽은 고독검마의 등을 한참이나 바라보던 적우가 침통한 표정으로 고개를 떨궜다.

"사부… 님."

엽소척을 그리는 적우의 입에서 한숨이 흘러나왔다.

第五十三章
두 개의 검(劍)

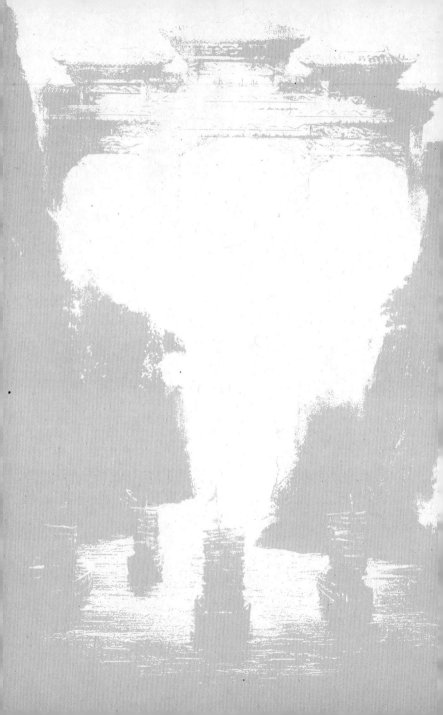

"적의 움직임이 심상치 않다고?"

침상에 누워 있던 소숙이 힘겹게 몸을 일으켰다.

안색을 보니 병색이 완연했다.

본가가 잿더미로 변했다는 소식에 이어 한진의 죽음까지
접하게 되자 무척이나 상심을 했는지 크게 기력이 쇠한 듯 보
였다.

"흩어졌던 배들이 군산으로 몰려들고 있고 장강수로맹과
그동안 척을 지고 있던 문파들이 빈번하게 접촉을 하고 있음
이 포착되었습니다. 아무래도 군사님께서 걱정하시던 일이

벌어지려는 것 같습니다."

보고를 하는 모진의 표정은 심각했다.

"얼마나 시간이 있는 것 같더냐?"

"속속 올라오는 보고를 토대로 추측해 보건대 아무래도 오늘 밤을 넘기지는 않을 것 같습니다."

"회군을 하지 말라는 가주의 연락이 없어도 어차피 쉽게 물러날 수가 없었겠군. 하긴, 이런 기회를 놓치는 것은 바보나 할 짓이지. 더구나 장청처럼 똑똑한 녀석이 말이다."

"그래도 설마 했습니다. 아무린 아군의 사기가 떨어졌다고 해도 지리적 위치를 이리 쉽게 포기하다니요. 본가를 너무 우습게 보는 것 같습니다."

"아니. 우습게 보지 않았다."

"예?"

모진이 멍한 얼굴로 되물었다.

"성급한 자라면 오늘이 아니라 본가의 소식이 전해진 직후 바로 공격을 했을 것이다. 그랬다면 어찌 되었겠느냐?"

소숙은 모진이 대답하기도 전에 말을 이었다.

"그랬다면 오히려 크게 낭패를 당해서 패퇴를 했을 것이다. 노부가 본가의 소식을 접하고 첫 번째 내린 명령이 장강 수로맹의 공격에 대비하라는 것이었으니까. 게다가 이쪽은 본가의 참상을 전해 듣고 혼란을 겪기도 했지만 분노가 최고로 달했던 상황이었다."

"그렇습니다."

"아마도 그것을 예측했을 것이다. 그리고 공격 시점을 조금 늦춘 것이겠지. 어쨌든 지금처럼 좋은 기회를 놓칠 수는 없었을 테니까. 게다가 어제 오늘 계속해서 이상한 소문이 돌고 있다고 하지 않았느냐?"

"예, 그래서인지 다들 불안해하는 모습입니다. 심지어는 가주께서 중상을 당하셨다는 허무맹랑한 소문까지 돌고 있습니다. 놈들이 악의적으로 소문을 퍼뜨리는 것……."

모진의 눈동자가 급격하게 커졌다.

그제야 소숙의 질문을 이해한 모진이 침을 꿀꺽 삼켰다.

"바로 그것이다. 녀석은 성급한 공격보다는 우선적으로 사기를 떨어뜨리는 데 집중했다. 유언비어로 인해 다들 불안해한다니 유감스럽게도 상당한 효과가 있는 듯하구나. 더구나 첫날의 분노는 많이 희석되고 지금은 식솔들에 대한 걱정이 더욱 클 테니."

소숙은 마황성과 장강수로맹의 일부 병력이 천추세가 진영을 좌우에서 크게 우회하고 있기 때문에 공격 시간을 늦췄다는 것을 파악하지 못하고 그들의 움직임을 조금 다른 방향에서 파악하고 있었다.

"어쨌든 중요한 것은 오늘 밤이 지나기 전에 놈들이 공격을 한다는 것이겠지. 모진."

"예, 군사님."

"놈들의 도강을 막을 방법은 없느냐?"

"사실상 불가능합니다. 수상전을 벌여선 승산이 없고 지금은 그만한 배도 준비되지 않았습니다. 방법이라면 저들이 하선을 하는 기회를 노려 공격하는 것인데 악양의 포구와 그 일대에서 일체의 분쟁을 금한다는 관부의 경고를 무시하기는 힘든 상황입니다."

"이 시점에서 관부를 적으로 돌릴 필요는 없겠지."

소숙이 모진의 말에 동의를 표했다.

"하면 어쩔 수 없이 이곳까지 끌어들여야 한다는 말이로군."

"그래야 할 것 같습니다."

"알았다. 즉시 회의를 소집해라. 적을 맞을 준비를 해야겠다."

침상을 박차고 나서는 소숙의 얼굴에서 병색 따위는 이미 찾아볼 수가 없었다.

*   *   *

"사 할 가량의 문파가 참여하기로 했습니다."

장청의 말에 백규가 발끈했다.

"뭐라? 고작 사할? 저것들이 야주 미쳤군."

"그동안 앙금이 다소 쌓인 듯합니다."

장청이 쓴웃음을 지었다.

"아무리 쓴웃음이 쌓여도 그렇지. 이런 절호의 기회에 힘을 합칠 생각을 하지 않다니. 게다가 그동안의 행동에 대해서도 충분히 설명을 했지 않느냐?"

"제놈들에게 유리한 것만 찾는 놈들이지. 신경 쓰지 말거라. 그런 놈들은 어차피 있어 봐야 정신만 사납다. 오히려 혼란만 가중시킬 수 있어."

뇌하가 신경 쓸 것 없다는 듯 손을 홰홰 내저었다.

"신경 쓸 이유가 없지요. 처음 계획을 세울 때부터 배제했던 병력입니다."

다소 차가운 어투로 대답을 한 장청이 군산에 남은 마황성 병력을 이끄는 이격(李擊)에게 말했다.

"지난번에 말씀드렸다시피 마황성의 병력은 후미로 빼겠습니다. 대공자님이나 고독검마께서 계시지 않는다는 것이 파악되면 저들이 우리의 계획을 눈치챌 가능성이 때문입니다. 또한 본 맹의 수하 중 일부를 마황성의 병력으로 위장시켜 합류토록 하겠습니다."

"복수의 길에 앞장서지 못하는 것이 유감이기는 하나 어쩔 수 없는 노릇이겠지. 알았네."

이격이 흔쾌히 고개를 끄덕였다.

적우가 군산을 떠나기 전, 이미 모든 사안이 조율이 되었기에 별다른 이견이 있을 리 없었다.

"두 분께서 황호대와 흑호대를 이끌고 선봉에 서 주십시오. 맹주님께서 자리를 비우신 지금 두 분께서야말로 본 맹을 상징하시니까요."

장청이 자우령과 뇌우에게 말했다.

"걱정하지 마라. 화끈하게 쓸어버릴 테니까."

조용히 고개를 끄덕이는 뇌우와는 달리 뇌우는 가슴을 탕탕 치며 소란을 떨었다.

"어르신께선 자유롭게 움직이시면서 적진을 헤집어주십시오. 적들도 어르신의 존재에 대해 상당한 부담을 가지고 있기 때문에 미리 준비를 하고 있을 것 같습니다만 그들에게 발목이 잡히시면 안 됩니다."

"걱정 말거라. 피하고자 마음먹으면 천하의 그 누구도 노부를 잡지 못한다."

뇌하가 껄껄 웃으며 말했다.

장청이 백규를 향해 고개를 돌렸다.

"련주님께선 황하련의 병력을 비롯하여 뭇 군웅을 이끌어주십시오."

"맡겨 두거라."

백규가 기다렸다는 듯 대답했다.

"믿겠습니다."

백규를 향해 고개를 숙인 장청은 이후에도 태호청에 모인 모든 이에게 일일이 자신들의 임무를 확인시켰다.

벌써 며칠째 같은 주제를 가지고 회의를 했기 때문에 그들 모두 자신이 해야 할 일은 확실히 인지하고 있었지만 장청은 몇 번이고 확인하고 또 확인했다.

"출발은 정확히 한 시진 후에 하도록 하겠습니다. 문주님과 각주님은 계속해서 저들의 동태를 파악해 주십시오."

장청이 항몽과 사도진에게 마지막 당부를 하는 것으로 사실상 회의는 끝이 났다.

조촐한 술자리로 모두들 서로의 안전을 걱정하며 선전을 다짐할 때 장청은 수심 어린 눈길로 그들 한 명 한 명을 눈에 담고 있었다.

최선을 다해 준비를 마쳤지만 상대가 상대이니만큼 실로 치열한 싸움이 벌어질 것이고 그 누구의 안전도 장담할 수 없었다.

지금 바로 눈앞에서 웃고 떠드는 사람이 언제 싸늘한 주검이 되어 돌아올지 몰랐다.

장청이 앞에 놓인 술잔을 단숨에 비웠다.

목이 타들어 가는 느낌은 꼭 독한 술 때문은 아닐 것이다.

＊　　　＊　　　＊

"조금 더 서둘러야 할 것 같군."

고개를 들어 하늘을 살피던 청진자가 곁에 선 청우에게 말했다.

"아직 여유가 있습니다. 다들 서둘러 오느라 많이 피곤할 테니 조금 더 휴식을 주시지요."

청우의 말에 지친 기색이 역력한 제자들과 백호대의 모습을 힐끗 바라본 청진자가 고개를 끄덕였다.

"그리하게."

복수를 할 수 있다는 생각에 자신이 너무 조급해하고 있다는 것을 느낀 청진자가 가부좌를 틀고 앉아 가만히 눈을 감았다.

그런 청진자를 잠시 지켜보던 청우가 최대한 편한 자세로 휴식을 취하고 있는 제자들을 찾았다.

"그대로 쉬거라."

황급히 자세를 바로 하는 제자들을 제지한 청우가 영영과 정진 도장을 손짓으로 불렀다.

"몸은 괜찮으냐?"

"예."

영영과 정진이 공손히 대답했다.

"만만찮은 싸움이 될 터. 두 사람이 제자들을 잘 이끌어야 할 것이다. 더불어 정진 사질은 앞으로 본문을 위해 큰일을 맡아야 하니 더욱 조심토록 하고."

패왕사에서 원진 도장과 덕진 도장이 목숨을 잃음으로써 사실상 화산파의 장문인으로서 내정된 정진 도장은 황망한 표정으로 고개를 흔들었다.

"부족한 제가 무슨 큰일을 할 수 있겠습니까?"

"원한다고 얻어지는 것이 아니고 거부한다고 거부할 수 있는 것이 아니지."

부드럽게 웃은 청우가 정진 도장의 어깨를 가볍게 두드린 후, 조금 떨어진 곳에서 수하들을 다독이고 있는 조건을 찾았다.

"이동하는 것입니까?"

조건이 정중하게 물었다.

"아닙니다. 조금 더 휴식을 취할 생각입니다."

"잘됐군요. 다들 말은 하지 않지만 피로가 쌓인 듯해서 걱정하고 있었습니다."

"아무래도 그렇겠지요. 낮과 밤이 바뀐 데다가 잠자리조차 편하지 않았으니까요."

"그래도 불평 한마디 하는 녀석들이 없습니다. 오히려 빨리 공격하자고 날뛰는 놈들을 달래느라 진땀을 빼고 있습니다."

"하하하! 사제가 참으로 좋은 수하들을 두었군요."

"저희가 영광이지요. 맹주님이 아니었으면 별 볼 일 없는 수적으로 지내다가 그저 그렇게 인생을 마감했을 테니까요."

조건은 유대웅을 언급하며 극도의 존경심을 표했다.

그것이 단지 보여주기 위함이 아니라 진심에서 우러나오는 것을 알기에 청우는 가슴 한편 흐뭇함을 감추지 못했다.

그리고 그런 마음가짐을 지닌 이들과 함께 싸운다면 그 어떤 적이라도 물리칠 수 있으리란 생각이 들었다.

"아직 아무런 연락도 없나?"

적우가 초조함을 감추지 못하고 물었다.

"예, 없습니다."

적우의 초조함에 영향을 받은 것인지 대답을 하는 임검혼의 얼굴도 긴장으로 굳어 있었다.

"후~ 이럴 줄 알았으면 조금 더 여유 있게 오는 것을 그랬어. 괜히 서두르기만 하고."

적우가 정면의 능선을 바라보며 답답함을 토로했다.

능선을 넘어 일각 여만 질주하면 천추세가가 진을 치고 있는 곳에 도착을 한다.

마음 같아선 당장에라도 공격을 하고 싶었지만 자신들의 복수를 위해 모든 계획을 망칠 수는 없었다. 아니, 계획을 망치긴커녕 그들만으론 제대로 싸워보지도 못하고 전멸을 당할 터였다.

그때 천마단의 부단주 두총(斗摠)이 종종 걸음으로 달려왔다.

"단주님."

적우와 임검혼의 얼굴이 확 펴졌다.

"연락이 온 거냐?"

임검혼이 얼른 물었다.

"예, 그런데 저쪽이 아닙니다."

두총이 남쪽을 가리키며 고개를 흔들었다.

"그럼 어디서 온 거야? 아, 화산파에서?"

"예, 그쪽도 무사히 도착한 모양입니다."

"다행이군."

두총의 말에 살짝 맥이 풀린 표정을 하던 적우가 이내 신색을 회복했다.

어느 한쪽이라도 적에게 발각되면 계획 자체가 무산되기 십상이었고 그만큼 승리를 거두기 힘들 터. 혹여 문제가 생기는 것은 아닌지 내심 걱정을 했는데 그들 역시 무사히 도착을 했다니 참으로 다행스런 일이었다. 게다가 지난날 함께 목숨을 걸고 싸운 이래 청우에겐 적잖은 호감도 있었다.

"싸움이 끝난 다음에 같이 술잔을 기울이기로 했는데 과연 어찌 될는지."

"청우라는 도사. 강하다고 하지 않았습니까?"

임검혼이 물었다.

"강하지. 강해도 보통 강한 게 아니다."

패왕사에서 함께 싸운 적우는 청우의 실력을 확실하게 인지하고 있었다.

"저와 비교해서 어떻습니까?"

임검혼이 호승심을 이기지 못하고 물었다.

적우가 어이없다는 듯 웃음을 터뜨리자 조금 떨어진 곳에서 휴식을 취하고 있던 고독검마가 한마디를 툭 던졌다.

"노부보다 강하다."

"예?"

임검혼이 믿을 수 없다는 표정으로 적우와 고독검마를 번갈아 바라보았다.

놀란 것은 비단 임검혼뿐만이 아니었다.

귀를 쫑긋 세우고 그들의 대화를 듣고 있던 천마단원들과 몇몇 장로의 안색도 확 변할 정도였다.

"부정할 수가 없네."

적우가 한숨을 내쉬며 말했다.

그래도 차마 자신보다도 강할 것 같다는 말은 하지 못했다.

"아무리 화산검선의 제자라지만 그렇게……."

등도 굽고 덩치도 형편없던 청우의 모습을 떠올리며 도저히 믿을 수 없다는 듯 고개를 흔들던 임검혼의 몸이 어느 순간 그대로 굳었다.

무엇을 본 것일까?

모두의 시선이 임검혼을 따라 움직였다.

능선 저 멀리 하늘 높이 치솟는 불꽃이 있었다.

정점에 이른 불꽃은 주변을 화려하게 수놓았다.

불꽃이 사그라들 즈음 비로소 굉음이 들려왔다.

"공격 신호다!"

적우의 외침에 천마단의 기세가 일거에 변했다.

"임검혼!"

"예, 대공자."

"공격한다. 앞장서라."

"존명!"

명을 받은 임검혼이 앞으로 내달리고 그 뒤를 따라 천마단과 섬풍단의 일부 병력이 일제히 질주하기 시작했다.

마황성의 병력이 능선에 접어들 즈음 천추세가의 이목을 피하느라 전신이 땀으로 범벅이 된 전령이 그제야 도착했다.

"빨리도 왔다."

적우가 인상을 찌푸렸다.

"저, 전서… 구로는 연락을 할 수가 없어서… 고, 공격을……."

죽을 듯이 숨을 할딱이는 전령에게 차마 화를 낼 수가 없었던 적우가 혀를 차며 비틀거리는 전령의 어깨를 두드려 주었다.

"애썼다. 쉬어라."

전령은 적우의 말이 끝나기가 무섭게 그 자리에 주저앉아 버렸다.

*   *   *

자우령이 착 가라앉은 눈빛으로 적진을 살폈다.

밤이 깊었지만 달빛이 워낙 밝아 사물을 식별하는 데 전혀 지장이 없었다.

"행색을 보니 흑랑회 놈들 같군. 그나저나 뭐가 이리 많아?"

뇌우가 언뜻 보기에도 오륙백에 달하는 흑랑회 낭인을 보며 질린 표정을 지었다.

낭인들 특유의 험악한 살기를 뿜어내며 기세를 올리는 것이 무척이나 거친 싸움이 될 듯싶었다.

자우령이 힐끗 뒤를 돌아보았다.

호태악을 필두로 장강수로맹에서 가장 거친, 어쩌면 눈앞의 낭인들보다 더욱 거친 황호대가 명령만을 기다리고 있었다.

특히 양손에 도끼를 들고 빨리 공격명령을 내리라고 도발적인 눈빛을 보내는 호태악의 자세는 믿음직스러움을 넘어 헛웃음까지 나오게 했다.

흑랑회가 강하다면 황호대는 더 강하다.

낭인들이 거칠다면 황호대는 더 거칠었다.

"준비되었느냐?"

자우령의 물음에 호태악이 괴소를 흘리며 말했다.

"빨리 명령이나 내려주쇼. 기다리다 죽겠소."

자신감 넘치는 호태악의 태도에 만족한 자우령이 짧게 명을 내렸다.

"쳐라!"

명을 받은 호태악이 나름 정중하게 예를 표하곤 빙글 몸을 돌렸다.

"공격이다!"

호태악이 도끼를 하늘 높이 치켜 올렸다.

"천추세가를, 저 거지같은 낭인 놈들을 모조리 쓸어버리자!"

"와아!"

호태악의 외침에 황호대 대원들이 일제히 함성을 올렸다.

"간다!"

호태악이 양손에 든 도끼를 맹렬하게 휘두르며 달려나가자 기세를 올리던 황호대 대원들 또한 저마다의 무기를 앞세우며 뒤를 따랐다.

"가소로운 놈들!"

좌청패가 한껏 비웃음을 흘렸다.

"죽여라. 제 분수도 모르는 수적 놈들을 한 놈도 남기지 말고 죽여 버렷!"

좌청패의 명이 떨어지자 흉험한 살기를 뿜어내던 낭인들이 튕기듯 뛰쳐나왔다.

꽝!

마침내 격렬한 충돌이 일어났다.

수백 명의 무인이 순식간에 뒤엉키며 온갖 비명과 고함 소리, 병장기 부딪치는 소리가 천지를 진동시켰다.

얼핏 보기엔 흑랑회의 낭인들이 수적으로 훨씬 많았지만 초반 기세는 오히려 그들이 아니라 황호대가 차지했다.

그 중심에 무시무시한 돌파력으로 적진을 헤집고 다니는 호태악의 활약이 있었다.

비록 좌청패의 명을 받고 다급히 뛰쳐나온 흑랑회 수뇌들에 의해 활약이 오래가지는 못했지만 기선 제압을 하기엔 충분했다.

흑랑회의 수뇌들이 본격적으로 나서고 호태악의 활약이 미미해지자 뇌우와 자우령도 즉시 개입을 했다.

철검서생에과의 싸움에서 패배한 이후, 절치부심한 자우령의 신위는 가공스러웠다.

뭣 모르고 덤비던 흑랑회의 낭인들이 추풍낙엽이 되어 쓰러지고 그를 막기 위해 몇몇 수뇌가 나섰지만 그들 역시 얼마 버티지 못하고 힘없이 무너지고 말았다.

뇌우까지 영사금창을 휘두르며 전후방을 가리지 않고 맹활약을 펼치자 흑랑회의 진영이 급격히 무너졌다.

이를 수습하기 위해 좌청패가 직접 호위들을 거느리고 자우령을 상대했지만 한 번 꺾인 사기는 쉽게 회복되지 않았다.

"음."

전황을 치밀하게 살피던 백규가 백서진과 백곤을 보며 명을 내렸다.

"너희는 수하들을 이끌고 놈들의 우측으로 돌아라."

"예."

명을 받은 백서진과 백곤이 황하련의 수하들을 데리고 빠르게 움직였다.

방각을 필두로 황하련의 장로들이 그들을 보호하기 위해

따라붙었다.

"검성문과 창천방은 좌측으로 돌게, 단심대주."

뇌하의 곁에 있던 상관화가 달려왔다.

"저들을 도와라."

"알겠습니다."

단심대가 검성문과 창천방을 따라 이동하자 상관화가 걱정이 된 것인지 뇌하가 슬며시 그쪽으로 이동했다.

"흑랑회가 위험합니다."

멀리서 싸움을 지켜보던 모진이 새롭게 등장한 병력이 흑랑회를 양쪽에서 압살시키려는 움직임을 보이자 초조함을 감추지 못했다.

소숙이 한회에게 시선을 주었다.

고개를 끄덕인 한회가 현노에게 명을 내렸다.

"가서 흑랑회를 도와라."

"예."

뜨거운 피를 식히지 못해 답답해하던 현노가 스산한 웃음을 지으며 명을 받았다.

한회는 현노가 천폭단을 이끌고 흑랑회를 지원하기 위해 떠나자 또 한 명의 수하를 불렀다.

"뇌폭단주."

"예, 회주님."

뇌폭단주 해정(海淨)이 달려왔다.

"천폭단을 지원해라. 아, 그전에 저놈들부터."

한회가 막 흑랑회의 옆구리를 파고드는 이들을 가리켰다.

"알겠습니다."

한회가 천폭단을 찾을 때부터 이미 만반의 준비를 갖추고 있던 뇌폭단이었다.

인원이 각 오백 명에 이르는 천폭단과 멸폭단과는 달리 삼 열횡대로 죽 늘어선 뇌폭단의 인원은 정확히 백 명.

그들이 들고 있는 무기는 활이었다.

"아군의 피해를 최소한으로 줄인다. 뭐, 눈먼 화살에 조금은 맞아도 상관없다."

해정의 말에 곳곳에서 웃음이 터져 나왔다.

간단한 농담으로 수하들의 긴장을 풀어준 해정이 묵직이 말했다.

"대신 적들은 확실하게 주살해야 한다. 준비됐나?

"옛!"

"우선은 좌측. 발사!"

핑! 핑! 핑!

거의 동시에 활시위 튕기는 소리가 나더니 백 발의 화살이 각각의 목표를 향해 쏘아졌다.

쐐애액!

엄청난 파공성과 함께 짓쳐드는 화살이 검성문과 창천방의 제자들을 덮쳤다.

"으악!"

"컥!"

난데없이 날아든 화살에 검성문과 창천방의 제자들은 속수무책으로 당하고 말았다.

한 번의 공격에 무려 이십여 명의 인원이 화살을 맞고 쓰러졌다.

절반 정도가 목숨을 잃었다는 것을 감안하면 엄청난 피해가 아닐 수 없었다.

"화살이다. 화살에 주의해라."

창천방주 황흑이 당황하는 제자들을 달래며 다시금 날아오는 화살을 쳐댔다.

갑자기 날아든 화살에 놀란 것은 단심대 또한 마찬가지였다.

"제길! 화살이라니!"

상관화의 입에서 당혹스런 음성이 터져 나왔다.

대다수의 화살이 앞서 달리던 창천방과 검성문에 집중되었기에 피해는 미미했어도 적의 궁수대에 노출된 상태로 무작정 공격을 감행할 수는 없었다.

화살도 화살이지만 그 화살을 조력 삼아 싸우는 적들을 상대하는 것이 문제였다.

"저쪽에도 궁수대가 있었군요. 그것도 상당히 뛰어납니다."

집법단주 금완이 화살에 막혀 고전하고 있는 아군을 가리키며 말했다.

"그럼 이쪽도 맞상대를 해줘야지. 노부가 알기로 장강수로맹에 무시무시한 궁수대가 있다고 들었는데, 아닌가?"

백규의 말에 금완이 자부심 가득한 얼굴로 고개를 끄덕였다.

"있습니다. 이미 준비를 하고 있을 겁니다."

금완이 남서쪽 구릉에 자리 잡고 있는 유성대를 바라보며 말했다.

금완의 말대로 적 궁수대의 출현, 그리고 아군의 피해를 눈으로 본 유성대의 분위기는 후끈 달아올라 있었다.

"놈들을 바로 칠 수 있을까?"

감온이 물었다.

"흠, 거리상 가능할 것 같기는 한데 위력은 현저히 떨어질 것 같군."

도한이 자신들과 뇌폭단과의 거리를 가늠하며 고개를 저었다.

"그럼 어쩔 수 없지. 놈들이 아군에게 피해를 준 만큼 우리는 이자를 더해서 주도록 하지. 우선 목표는 저놈들.”

감온이 가리킨 목표는 막 전장에 뛰어든 천폭단이었다.

자기들끼리 구분을 하기 위함인지 머리에 청색 띠를 두르고 있어 오히려 구분하기가 쉬웠다.

“발사 준비.”

대원들이 감온의 구령에 맞춰 일제히 시위를 당겼다.

“발사!”

핑! 핑! 핑!

날카로운 소리와 함께 시위를 떠난 화살이 섬전과 같은 속도로 천폭단에 짓쳐 들었다.

유성대가 사용하는 애깃살은 뇌폭단이 날린 화살보다 크기는 훨씬 작았지만 그들의 화살보다 배는 빠른 속도에 위력 또한 압도적으로 강했다.

게다가 당가의 도움으로 화살촉에 또 다른 무기(?)를 장착한 덕에 스치기만 해도 목숨이 위태로웠다.

“화, 화살이다. 놈들도 화살을 날린다. 조심해라.”

눈 깜짝할 사이에 오십 명이 넘는 수하를 잃은 현노가 그제야 상황을 파악하고 미친 듯이 경고를 했다.

그러나 유성대의 화살은 안다고 쉽게 막힐 화살이 아니었다.

다소 줄었다고는 해도 두 번째 공격에 또다시 삼십에 이르는 수하를 잃자 현노는 눈이 돌아갔다.

"으아아아! 버러지 같은 놈들이 감히! 돌격해라. 놈들은 저쪽 구릉에 있다."

미친 듯이 악을 쓰는 현노.

그것을 비웃기라도 하듯 화살이 계속 날아들고 천폭단의 피해는 급격하게 늘어만 갔다.

"저들인가 보군."

"예, 유성대라고 제 개인적인 생각으론 장강수로맹이 장강을 접수하는 데 가장 혁혁한 공을 세운 자들이라 여겨집니다."

"확실히 대단해. 구룡상회의 궁수대도 훌륭하지만 저들과 비교하니 확실히 처지는군."

소숙의 말에 한회의 낯빛이 살짝 붉어졌다.

부정할 수도 없는 것이 누가 보더라도 두 궁수대의 수준에는 큰 차이가 있었다.

"네 말대로 미리 준비하지 않았다면 큰일 날 뻔했다. 말로만 들었을 땐 그다지 실감이 나지 않았는데 눈으로 보니 네가 어째서 그토록 두려워했는지 알 것 같다."

소숙의 칭찬에 모진의 낯빛이 살짝 붉어졌다.

"준비는 제대로 되었소, 문주?"

소숙이 허량에게 물었다.

"저야 준비랄 것도 없지요. 그저 물건만 건네주면 되었으니까요. 고생과 희생은 은환살문의 아이들이⋯⋯."

허량의 말이 끝나기도 전, 거대한 폭음과 진동이 전장을 뒤흔들었다.

그토록 치열했던 싸움이 일시에 멈춰질 정도로 엄청난 폭발.

모든 이의 시선이 폭발의 진원지를 찾아 움직였다.

그리고 그들은 볼 수 있었다.

과거엔 한낱 수적에 불과했지만 장강수로맹이 장강을 일통하고 무림의 거대세력을 성장하는 데 혁혁한 공을 세운 유성대가 구릉 전체를 뒤덮은 거대한 폭발에 휩쓸려 갈가리 찢긴 모습을.

두 다리로 땅을 딛고 있는 사람은 아무도 없었다.

폭발의 중심에서 조금 떨어진 몇몇 대원만이 운 좋게 목숨을 건진 듯 보였지만 그나마도 중상을 면치 못한 모습이었다.

거의 백여 명에 이르던 유성대가 사실상 전멸을 당한 것이었다.

"와아!"

가장 먼저 환호성을 터뜨린 이들은 유성대에 집요하게 당하고 있던 천폭단원들이었다.

그들의 환호성은 천추세가의 모든 병력으로 급속히 번져

나가면 사기를 끌어올렸다.

반대로 전장에서 늘 든든한 수호신과 같았던 유성대가 괴멸을 당한 모습에 장강수로맹의 무인들은 충격과 분노, 그리고 엄청난 상실감을 감추지 못했다.

"대체 어떻게 저런 일이 일어난 것인가?"

백규가 거의 평지로 변해 버린 구릉을 가리키며 소리쳤다.

"놈들이 화기를 사용한 모양입니다."

금완이 침통한 표정으로 대답했다.

"화기? 적이 접근하지 못하도록 구릉 인근을 철저하게 보호하고 있었는데 대체 언제 화기를 사용했단 말인가?"

특별히 병력을 동원하여 유성대를 보호하도록 조치를 취했던 백규는 그들에게 벌어진 일을 도저히 이해하지 못하고 있었다.

"적이 침입을 했다면 곧바로 알 수 있었겠지요. 그건 아닌 것 같습니다. 어쩌면……."

금완이 설마 하는 표정으로 입을 다물었다.

"짚이는 것이라도 있는가?"

"어쩌면 처음부터 매복을 하고 있었을지도 모르겠습니다."

"매복? 나무 몇 개밖에 없는 곳에 매복이라니. 설사 매복이 있었다고 해도 눈에 띄지 않을 리가 없네. 그건 말이……."

거칠게 부정을 하던 백규가 뭔가를 떠올린 것인지 경악 어린 눈길로 금완을 바라보았다.

시선을 마주친 두 사람이 동시에 외쳤다.

"땅 밑."

그들은 전신에 소름이 돋는 듯한 느낌에 몸을 부르르 떨었다.

"잘해주었군. 생각 이상으로 효과가 있었어."

소숙은 유성대를 날림으로서 전장의 상황이 급변했음을 확인하며 만족한 미소를 지었다.

"이번 싸움에서 승리를 한다면 가장 큰 공을 세운 사람은 바로 네가 될 것이다."

소숙의 말에 모진이 당치도 않다는 듯 고개를 저었다.

"저보다는 스스로 목숨을 버려 완벽하게 임무를 수행한 은 환살문의 살수들을 칭찬해야 할 것 같습니다."

"물론. 하지만 주변 지형을 철저하게 분석하여 유성대가 포진할 위치를 정확하게 파악한 공이야말로 최고지."

"감사합니다, 군사님."

모진이 한껏 들뜬 얼굴로 고개를 숙였다.

"아무튼 설유가 장담을 하더니만 제대로 된 아이들을 골라 주었어. 그리고 이제는 본인까지 직접 활약을 하겠고. 지금쯤 이면 시작을 했겠지?"

"예, 무사히 잠입을 했을 것입니다."

저 멀리 남쪽 하늘을 바라보는 모진의 입가에 사악한 미소가 떠올랐다.

*   *   *

밤이 깊었지만 운밀각의 불은 꺼질 줄 몰랐다.

장강수로맹의, 어쩌면 무림의 운명을 가를 중대한 싸움이 벌어지고 있기에 당연한 일이었다.

시시각각 전서구가 날아들었고 전령들이 들락거렸으며 온갖 정보가 쏟아져 들어왔다.

정보를 분석하고 판단을 하는 것은 운밀각주인 사도진과 항몽이 할 일이었지만 장청 역시 계속해서 운밀각에 머물렀다.

"아직 전황에 대한 소식은 없습니까?"

장청이 물음에 사도진이 고개를 저었다.

"조금 전, 싸움이 시작되었다고 하니 곧 다른 소식이 들려올 것입니다."

"답답하군요. 이럴 줄 알았으면 어르신들께서 만류하셨더라도 직접 가서 보는 것인데 그랬습니다."

장청이 한숨을 내쉬자 사도진과 항몽이 마주보며 웃었다.

"군사님께서 움직이시면 군사님을 보호하기 위해 호위가 붙을 수밖에 없어요. 그만큼 전력의 낭비가 있을 것이고 설사 호위가 있다고 해도 전장의 상황이라는 것이 안전을 담보할 수 없으니까요. 답답하더라도 지금은 이곳에 있는 것이 도움이 될 거예요."

항몽의 말에 장청이 쓴웃음을 지었다.

"저도 압니다. 그저……."

입을 열던 장청이 말끝을 흐리며 고개를 돌렸다.

때마침 운밀각의 문이 열리며 하오문의 정보원이 들어섰기 때문이었다.

한데 사내의 표정이 과히 좋지 않았다.

"어찌 되었지?"

항몽이 긴장된 음성으로 물었다.

"좋지 않습니다."

장청과 항몽, 사도진의 얼굴이 동시에 굳었다.

"자세히 설명을 해봐라."

조금 떨어진 곳에 있다가 달려온 하오문의 좌장로가 정보원을 채근했다.

"시작은 좋았습니다. 적의 수가 몇 배가 되었지만 황호대가 오히려 압도를 할 정도였지요. 적이 병력을 증원하고 궁수대를 동원하며 압박했지만 여전히 승기는 아군에 있었습니다. 그런데 후방에서 발군이 활약을 하던 유성대가 그만……."

전령이 말을 잇지 못하자 좌장로가 불같이 화를 냈다.

"유성대가 어쨌다는 거냐? 어서 말을 해."

"가, 갑작스런 폭발로 인해 전… 멸했습니다."

"뭐라고?"

경악한 장청이 자리에서 벌떡 일어나자 앉았던 의자가 요란하게 넘어졌다.

"지금 뭐라 했지? 유, 유성대가 전멸을 당했다고?"

장청이 덜덜 떨리는 음성으로 물었다.

그 누구보다 냉철하고 차분한 장청이 감정을 이기지 못하고 있었다.

"폭발이라면 뇌화문이라는 말인데 유성대는 후방에 있지 않았나?"

사도진의 물음에 전령이 침통한 얼굴로 대답했다.

"맞습니다. 특별히 그들을 보호하기 위해 병력도 따라붙은 것으로 압니다."

"그런데도 당했다는 건가?"

"그게 이상한 것이 외부에서의 공격은 없었습니다."

"그건 또 무슨 소린가? 외부의 공격이 없었다면서 어째서 폭발이 일어나?"

답답함을 참지 못한 사도진의 음성이 절로 커졌다.

"궁수대가 있다고 했는데 혹 화살을 이용한 공격이 있었느냐?"

좌장로가 물었다.

"거리상 적의 화살이 날아올 수가 없었습니다. 유성대도 공격을 포기할 정도로 멀었으니까요."

"그럼 대체 뭐라는 거야!"

좌장로도 화를 참지 못하고 버럭 소리를 질렀다.

잔뜩 찌푸린 얼굴로 생각에 잠겼던 항몽이 안타까움이 가득 담긴 목소리로 말했다.

"외부에서의 공격이 없었음에도 폭발이 일어났다면 미리 함정을 팠다고 보는 것이 옳겠네요."

"함정이요?"

사도진이 놀란 눈으로 되물었다.

"예, 몇 번의 싸움을 통해 유성대가 지닌 힘은 저들도 알고 있을 거예요. 분명 경계를 했겠지요. 그리고 유성대를 제거하기 위해 그들이 포진할 곳을 찾아 매복을 했다고 봅니다. 공격이 성공한 것을 보니 유성대가 적의 은신을 찾아내지 못할 정도로 교묘하게 숨었던 모양이고요."

"그게 가능한 얘깁니까?"

입을 쩍 벌리는 사도진의 얼굴엔 불신의 빛이 가득했다.

좌장로도 회의적인 표정이었다.

다만 장청만은 항몽의 말을 흘려듣지 않았다.

오히려 가장 가능성이 높은 가정이라 여겼다.

"저들에겐 어떤 상황, 장소에서도 완벽하게 은신할 수 있는 살수들이 있습니다."

"은환살문."

항몽이 입술을 꼬옥 깨물었다.

"그들의 능력이라면 유성대의 이목을 완벽하게 숨길 수 있었을 겁니다. 그리고 주변 지형을 철저하게 연구를 했다면 후방에서 지원을 해야 하는 유성대가 포진할 곳을 찾아내는 것은 그다지 어려운 일이 아닙니다. 어쩌면 그곳에 포진을 하도록 저들이 유도를 했을 수도 있고요."

다소 충격에서 벗어난 것인지 항몽의 의견에 동조하는 장청이 예전의 날카로움을 되찾았다.

"유성대가 그렇게 허무하게 무너졌다면 전세도 크게 불리해졌겠군, 맞나?"

장청이 전령에게 물었다.

"어렵기는 했지만 장강무적도 어르신께서 맹활약을 해주신 덕분에 어느 정도 균형이 맞춰진 것까지는 확인을 했습니다. 지금은 어찌 되었는지 모르겠습니다."

"한 번 꺾인 사기가 쉽게 회복되기는 쉽지 않을 텐데. 후~

우회한 병력이 빨리 도착하기만을 바라야겠군."

푸념 섞인 좌장로의 말에 다들 표정이 어두워졌다.

"잠시 바람 좀 쐬고 오겠습니다."

장청이 문 쪽으로 이동하자 사도진이 그의 팔을 잡았다.

"괜찮으시겠습니까? 간자들만 숨어들라는 법은 없습니다."

조금 전, 병력이 군산을 떠나는 소란 통에 몇몇 간자가 숨어들어왔다가 목숨을 잃은 것에 대한 우려였다.

"걱정하지 마십시오. 혹시 모를 침입에 대비해 충분한 경계 상태를 유지하고 있으니."

사도진의 우려를 일축한 장청이 홀로 운밀각을 빠져나왔다.

주변 곳곳에 배치된 경계병들은 장청의 사색을 방해하지 않으려는 것인지 가급적 모습을 드러내지 않았다.

잠시 산책을 하며 심란한 마음을 달랜 장청이 발걸음을 돌렸다.

한데 그가 향하는 곳은 운밀각이 아니라 그의 집무실 쪽이었다.

"군사님."

집무실을 지키던 경계병들이 일제히 예를 표했다.

"잠시 쉬고 있을 테니까 가급적 방해하지 마. 아, 운밀각

쪽에서 연락이 오면 바로 알려주고."

간단히 당부를 한 장청이 집무실 안으로 들어섰다.

위에 걸친 겉옷을 아무렇게 벗어 던진 장청이 집무를 보는 딱딱한 의자가 아니라 휴식을 위해 마련한 흔들의자에 몸을 던졌다.

삐걱. 삐걱.

의자가 흔들릴 때마다 발생한 규칙적인 마찰음이 방 안을 가득 채웠다.

피곤이 몰려온 것인지 장청의 눈이 스르르 감겼다.

흔들의자의 움직임도 조금씩 약해지고 방 안을 채우던 마찰음도 잦아들었다.

마침내 모든 움직임이 멈췄을 때, 천장에서 검은 물체가 모습을 드러냈다.

마치 연기가 스며들듯 은밀히 방으로 침투한 검은 물체 아래엔 흔들의자에 몸을 실은 장청이 눈을 감은 채 휴식을 취하고 있었다.

검은 물체에서 뭔가가 돌출되었다.

느릿느릿 조금씩 뻗어 나와 형상화된 것은 섬뜩한 기운을 품고 있는 검.

온전히 제 모습을 드러내 검은 이미 장청의 미간을 향해 짓쳐 들었다.

본능적인 위험을 감지한 것인지 장청의 눈이 번쩍 떠졌다.

그 순간 장청이 본 것은 한 뼘도 안 되는 곳에 위치한 하나의 점이었다.

점이 점점 커지는가 싶더니 얼굴 위로 뭔가가 떨어져 내렸다.

똑. 똑. 똑.

장청이 얼굴을 훔쳐보니 소매 단에 붉은 피가 잔뜩 묻어나왔다.

장청이 슬그머니 고개를 틀었다.

점으로 보였던 것이 잘 벼려진 검임을, 그리고 그 검을 타고 붉은 피가 점점이 흘러내리고 있다는 것을 확인한 장청의 신형이 튕기듯 물러났다.

장청이 흔들의자를 벗어나는 것과 동시에 천장이 무너져 내리며 왜소한 신형 하나가 떨어져 내렸다.

"으으음."

흔들의자와 한데 엉키며 바닥에 부딪친 괴인의 입에서 엷은 신음이 흘러나왔다.

장청은 혹시 모를 위험에 대비하기 위해 뒷걸음질 치다 누군가와 부딪쳤다.

깜짝 놀라 고개를 돌리던 장청의 얼굴에 안도감이 깃들었다.

"장로님."

"이제 괜찮네. 걱정하지 말게."

마독이 엷게 웃으며 말했다.

"많이 놀랐습니다."

"걱정하지 말라고 하지 않았나. 아무 일도 없을 것이라고."

"그래도 긴장되는 것은 어쩔 수 없더군요."

"그랬나? 그럼에도 너무 잘해주었군. 만약 조금이라도 동요하는 모습을 보였다면 이토록 쉽게 잡지는 못했을 것이네."

마독이 죽은 듯 엎드려 있는 신형을 가리키며 말했다.

"그렇게 대단한 자입니까?"

"대단하지. 은환살문의 칠원성군이라 하면 천하제일이라고 할 수는 없을지 몰라도 그에 버금간다고 말할 수 있을 정도로 뛰어난 살수지."

순간, 엎드려 있던 괴인의 몸이 살짝 떨렸다.

"언제까지 그렇게 기회를 엿보고 있을 생각인가? 심장이 갈라진 몸으로 그 의지만큼은 대단하나 칠원성군의 수장 정도라면 이미 의미 없는 행동이라는 것을 알 텐데."

잠시 동안 아무런 반응도 보이지 않던 괴인이 천천히 몸을 일으켰다.

왼손으로 갈라진 심장을 부여잡으며 간신히 몸을 지탱하고 있는 사람은 칠원성곤의 수장 설유였다.

설유의 시선이 마독을 훑었다.

"어쩐지. 은영문의 문주셨구려."

마독의 눈에 이채가 어렸다.

"어찌 알았나?"

"못 알아보는 것이 더 이상하지 않겠습니까?"

"그도 그렇군."

마독이 여유롭게 웃으며 고개를 끄덕였다.

"한데 노부가 은신해 있는 것은 어찌 아셨소이까? 나름 완벽했다고 자부했건만."

"은신은 완벽했지. 솔직히 처음부터 그대의 존재를 알고 있지 못했다면 꽤나 애를 먹을 뻔했어."

처음부터 알고 있었다는 말에 설유의 얼굴이 확 구겨졌다.

"마치 기다렸다는 듯한 말 같소이다."

대답은 마독이 아니라 장청이 대신했다.

"기다렸다고 볼 수 있지요."

설유의 시선이 장청에게 향했다.

"병력을 떠나보내면서 천추세가에서 어떤 식이든 공격을 해올 것이라 생각했습니다. 여러 가능성이 있겠지만 대규모

병력을 움직이는 것이 사실상 불가능한 지금, 살수를 투입할
가능성이 가장 크다고 판단했습니다."

마독이 장청의 말을 이어받았다.

"노부가 이번 싸움에 참여하지 않고 이곳에 남은 이유이기
도 하지. 아, 참고로 말하자면 그대가 데리고 온 살수들은 지
금쯤 모조리 제압을 당한 상태일 걸세. 그들 또한 우리 아이
들의 눈에 완벽하게 포착되었으니."

"은… 영문."

설유의 입에서 괴로움에 찬 음성이 흘러나왔다.

마독은 아무런 대답을 하지 않았지만 설유는 은영문이 개
입했음을 확신했다.

"후~ 이것으로 군사께서 준비하신 첫 번째 검은 완벽하게
부러졌군."

설유의 입에서 허탈한 웃음이 흘러나왔다.

"첫 번째 검?"

장청이 고개를 갸웃거리자 설유가 거칠게 숨을 몰아쉬며
말했다.

"군사… 께선 이번 싸움을 위해 두 개의 검… 을 준비하셨
다. 그중 하나는 너무도 어이없게 부러… 지고 말았지만 두
번째 검은 반드시 그… 대들의 심… 장을 가르게 될 터. 지금
의 승리… 를 기… 뻐하지 마라."

"두 개의 검이라. 좋군요. 공교롭기도 하고요. 우리도 천추세가를 위해 두 개의 검을 준비했습니다. 지금쯤 목표를 향해 날아가고 있겠군요."

"……."

설유에게선 아무런 반응도 없었다.

오만한 자세로 대꾸하던 장청은 설유의 숨이 끊어졌다는 것을 확인하자 이내 표정을 바꾸었다.

"두 개의 검이라 했습니다. 하나는 확실해졌는데 다른 하나는 무엇일까요?"

마독이 고개를 저었다.

"글쎄. 알 수가 없군. 하지만 뭔가 위험한 것이 있는 것은 틀림없는 것 같네."

"혹 유성대를 괴멸시킨 작전을 말하는 것일까요?"

"어쩌면 그럴 수도 있겠군. 유성대가 그리 당할 것이라곤 정말 상상도 못했으니까."

"지금 시점에선 차라리 그것이라면 좋겠습니다."

장청이 한숨을 내쉬며 말했다.

유성대가 희생된 것은 안타까운 일이지만 그건 이미 과거의 일.

설유가 말한 대로 천추세가에서 이번 싸움을 위해 준비한 두 개의 검을 준비했다면 그것이 모두 사용되었기를 간절히 바랬다.

　'하지만 왠지 그럴 것 같지는 않단 말이야.'

　장청은 전신을 휘감고 들어오는 불길함에 몸을 떨어야 했다.

第五十四章
난타전(亂打戰)

유성대가 괴멸당한 이후, 전세는 급격하게 천추세가 쪽으로 기우는 듯했다.

　하지만 상황이 심각하게 흐르고 있음을 느낀 뇌하가 한 자루 칼을 들고 적진을 뚫고 들어가 후방에서 아군을 무던히도 괴롭히던 뇌폭단을 공격하면서 뭔가 변화가 생기기 시작했다.

　뇌하를 막기 위해 구룡상회의 수뇌들은 물론이고 천추세가의 호법 네 명이 달려들었지만 뇌하는 그들의 공세를 교묘하게 피해 가며 악착같이 뇌폭단을 공격했고 결국 완벽하게 무력화시키는 데 성공했다.

물론 그 과정에서 적지 않은 부상을 당하기는 했지만 중요한 것은 돌이킬 수 없을 정도로 밀리던 전황을 조금이나마 회복시켰다는 것이다.

거기에 약간의 시간 차를 두고 도착을 한 마황성과 화산파의 병력은 전장을 크게 뒤흔들었다.

싸움이 극도로 격렬해졌음에도 후미에 처져 있는 마황성의 병력이 좀처럼 앞으로 나서지 않는 것을 이상하게 여긴 소숙은 뭔지 모를 불안감에 휩싸여 이에 대한 확인을 지시했다.

그 확인 작업이 미처 끝나기 전, 좌측 후방에서 마황성의 병력이 들이닥쳤다.

도착이 조금만 더 늦었다면 천추세가는 그들에 대해 방비를 했을 것이다.

기습에 성공한 그들은 마황성이 어째서 수백 년 동안 무림의 한 축을 지배하고 있었는지를 확실하게 증명해 주었다.

마황성에서 최강의 전투력을 지녔다고 인정받는 천마단의 가공할 기세에 거칠 것은 아무것도 없었다.

가장 먼저 공격을 당한 백호방(百虎幫)의 병력이 눈 깜짝할 사이에 전멸을 당했다.

연이어 공격을 당한 북청파(北淸派), 오룡문(烏龍門) 등도 변변한 반격도 해보지 못하고 괴멸을 당하고 말았다.

마황성이 천추세가에 동조하거나 굴복한 문파들을 무너뜨리면서 전장의 한쪽 축을 뒤흔들 때 우측 후방에서 모습을 드러낸 병력, 청우를 필두로 한 화산파의 제자들과 백호대는 천추세가 수뇌부가 있는 곳을 노렸다.

그들의 목표는 현재 천추세가의 수장이라 할 수 있는 군사 소숙이었다.

정상적인 상태라면 접근하기조차 버거웠겠지만 시기가 참으로 적절했다.

방금 전, 유성대를 무너뜨리며 승기를 잡은 천추세가는 싸움을 아예 끝낼 생각으로 중심 병력을 대거 앞쪽으로 이동시킨 상태였다.

소숙을 제외한 천추세가의 수뇌들 대부분이 싸움에 참여하기 시작했고 특히 소숙의 곁을 지키던 노고수 중 일부는 뇌하를, 또 다른 일부는 본격적으로 날뛰기 시작한 백규를 견제하기 위해 움직였다.

그럼에도 상당한 병력이 소숙의 주변을 겹겹이 에워싸고 있었기에 공략하기가 그렇게 쉽지만은 않았다.

그걸 가능하게 만든 사람이 바로 청우와 영영이었다.

화산검선의 제자로서 이미 청우의 실력은 적을 찾아보기 쉽지 않을 정도로 막강한 경지에 이르렀고 하루가 다르게 나날이 발전하고 있는 영영 또한 청우에 버금갈 정도로 성장했다.

두 사람이 힘을 합쳐 맹렬히 공격하니 견고한 수비벽에도 균열이 갈 수밖에 없었다.

그 틈을 이용하여 청진자가 소숙에게 접근하는 데 성공했다.

소숙의 곁을 지키는 천위영을 단숨에 베어버린 청진자가 회심의 일격을 날렸다.

절체절명의 순간 모진이 몸을 던져 소숙을 구했다.

첫 일격에 실패를 한 청진자가 재차 공격을 할 때 설유가 장청에게 언급한 두 번째 검이 도착했다.

청진자는 자신을 향해 밀려오는 검기의 파도를 보며 암담함을 느껴야 했다.

목숨이 아까워서가 아니었다.

자신의 움직임이 조금만 더 빨랐다면 사문의 원수이자 무림의 공적이라 할 수 있는 천추세가 군사의 목숨을 취할 수 있었다.

청진자는 수많은 이가 피를 흘린 대가로 겨우 얻은 단 한 번의 기회를 살리지 못했음을 아쉬워하고 또 안타까워하는 것이다.

검을 그대로 뻗어 원수의 목숨을 취할까도 생각해 봤으나 상대의 실력을 감안했을 때 애당초 불가능한 일이다.

청진자가 검을 방향을 바꿨다.

아직 본격적으로 부딪친 것도 아님에 숨이 턱턱 막힐 정도로 강력한 압박감이 밀려들었다.

입술을 깨물어 흐트러지는 정신을 바로 하고 동시에 말년에 익힌 매화십이검의 절초를 혼신의 힘을 다해 펼쳤다.

꽝!

격렬한 충돌에 몸이 휘청거렸다.

단 한 번의 충돌에 검을 쥔 손아귀가 찢어지고 충격으로 인한 팔의 떨림이 멈추질 않았다.

그것이 끝이 아니었다.

자신의 공격을 너무도 간단히 막아낸 상대의 공격은 지금부터가 시작이었다.

검이 움직였다.

검이 도달하기도 전에 뿜어져 나온 검기가 팔방을 에워싸며 짓쳐 들었다.

검기에 부딪치는 모든 것이 완벽하게 말살되었다.

아무런 생각이 들지 않았다.

그저 본능적으로 보로를 따라 움직이며 검을 휘둘렀다.

취영홍하, 월광장조에 매화산화까지.

매화십이검 중에서도 가장 위력이 막강한 초식들이 연거푸 펼쳐졌으나 소용이 없었다.

상대가 일으킨 검화에 부딪친 공격은 약해지고 힘없이 사그라들다 종래엔 아예 흔적도 없이 사라졌다.

꽝! 꽝! 꽝!

연이은 충돌음과 함께 청진자의 몸이 하염없이 뒷걸음질 쳤다.

손에 쥔 검에 의지해서 겨우 중심을 잡은 청진자의 입에서 선홍빛 피가 쏟아져 나왔다.

"으으으."

청진자는 경악과 두려움, 찬탄이 뒤범벅이 된 얼굴로 눈앞의 상대를 바라보았다.

자신은 이미 회복하기 힘든 치명상을 당했으나 상대는 호흡하나 흐트러지지 않았다.

"이런 강함이라니! 실로 대단하구려."

청진자가 진심으로 감탄을 했다.

"과찬입니다."

순식간에 청진자를 죽음으로 몰아넣은 인물, 철검서생이 검을 거두며 물러났다.

싸움을 승리로 이끌 소숙의 두 번째 검은 삼불신개를 쓰러뜨리고 정무맹의 재건을 꿈꾸는 이들을 괴멸시킨 뒤 자취를 감췄던 철검서생 바로 그였다.

철검서생의 눈이 전장으로 향했다.

서로의 진영에 대한 구분은 이미 사라진 지 오래였다.

피아가 한데 뒤엉켜 그저 한 폭의 지옥도가 펼쳐져 있을 뿐이었다.

"괜찮으십니까?"

철검서생이 죽음의 문턱에서도 당당함을 잃지 않고 있는 소숙에게 물었다.

"괜찮네. 덕분에 살았군. 하마터면 대업을 눈앞에 두고 쓰러질 뻔했어."

"취운각주는 어떻습니까?"

"크게 부상을 당하기는 했어도 목숨은 건질 수 있을 것 같군."

모진은 소숙을 구하기 위해 팔 하나를 통째로 잃고 옆구리에 큰 자상까지 입을 상태였다.

모진을 응시하는 소숙의 눈동자가 크게 흔들렸다.

"죄송합니다. 서둔다고 서둘렀는데 조금 늦었습니다."

"아니네. 이만하면 시간을 잘 맞춘 셈이지."

"저 많은 병력이 우회하여 들이쳤을 줄은 생각도 못했습니다."

철검서생이 여전히 기세를 잃지 않고 있는 천마단과 철검서생이 이끌고 온 병력에 의해 패퇴하고 있는 백호대를 바라보며 말했다.

소숙이 껄껄 웃었다.

"노부가 자네들을 은밀히 이동시켜 적의 옆구리를 치려는 생각과 비슷한 셈이지. 결국 선공을 당하는 바람에 이런 식으로 쓰게 되었지만. 아무튼 다행일세. 자네가 왔으니 조금은 균형이 맞겠어."

"예?"

철검서생이 의아한 표정을 짓자 소숙이 전장을 가리키며 말했다.

"이번 싸움에서 노부가 가장 걱정한 것은 저들을 상대할 고수가 없다는 것이었네."

철검서생은 소숙이 말하는 이들이 누군지 알 수 있었다.

상대쪽엔 무림십강에 속한 이들이 두 명이나 있었고 그에 버금가는 고수도 몇 있었다.

그에 반해 천추세가 쪽에선 진정한 강자로 분류할 수 있는 이들이 드물었다.

그들 대부분이 가주를 따라 마황성 정벌에 나섰기 때문이었다.

"물론 숫자로야 우리가 많지만 절체절명의 순간에 발휘되는 저들의 힘은 확실히 부담스러워."

소숙은 방금 전, 유성대를 괴멸시키며 빼앗아 왔던 승기가 뇌하의 활약으로 인해 많이 사라졌음을 설명했다.

그를 막기 위해 수많은 고수가 동원되었음에도 실패했다

는 것과 더불어.

"저분의 실력이라면 능히 그럴 것입니다."

철검서생은 적을 향해 극존칭을 사용하는 것은 물론이고 심지어 존경심이 가득 담긴 눈으로 그의 움직임을 쫓고 있었다.

천하에 오직 철검서생만이 할 수 있는 행동이란 생각에 소숙은 자신도 모르게 피식 웃음을 터뜨리고 말았다.

"안 되겠군."

"예?"

"자네에게 장강무적도를 상대하라는 부탁을 하고 싶었는데 아무래도 안 되겠다는 말일세."

"아, 그런 거라면 상관없습니다."

"아닐세. 정상적인 몸이라면 모를까 그는 뇌폭단을 공격하느라 상당히 무리를 했네. 자네도 느끼고 있겠지만 정상은 아니야."

"그렇긴 합니다."

"지금 싸운다면 필승을 자신할 수 있겠지. 한데 자네가 그걸 원하리란 생각이 안 드는군."

"......"

철검서생은 차마 그렇다고 대답할 수가 없었다.

"그럴 줄 알았지."

너털웃음을 지은 소숙이 뇌하 대신 다른 사람을 지목했다.

"대신 구룡금편을 부탁하지. 꿩 대신 닭이란 생각은 하지 말게. 장강무적도도 강하지만 구룡금편 또한 그 강함을 알기 힘든 사람이니까."

철검서생의 눈이 번뜩였다.

"할 수 있겠는가?"

"물론입니다."

마음으로 부담이 있는 뇌하가 아니라면 누구라도 상관없었다.

"부탁하네. 두 사람의 싸움이야말로 이번 싸움에 큰 분수령이 될 것일세."

"맡겨주십시오."

철검서생이 자신감 넘치는 얼굴로 대답했다. 그리곤 몸을 돌려 백규를 향해 움직이기 시작했다.

인의 물결로 넘쳐나던 전장에 바다가 갈라지듯 길 하나가 생겨냈다.

행여나 길을 침범하면 큰일이라도 난다는 피아를 가릴 것 없이 다들 길에서 벗어나려고 발버둥 쳤다.

때로는 분수를 모르고 길을 막아보고자 하는 자들이 있기는 있었으나 그들 모두가 하나같이 처참한 말로를 맞게 되자 이후론 그런 시도 자체가 감히 이뤄지지 않았다.

전장의 북쪽 끝에서 생겨난 길의 목표는 명확했다.

백규는 달빛에 반사되어 하얗게 빛나는 길이 자신을 향해 다가오자 환하게 웃었다.

위험한 길이었다.

목숨을 걸어야 하는 길이었지만 그 이상으로 가슴 뛰게 만드는 길이었다.

백규가 길 위로 흔쾌히 몸을 실었다.

그렇게 길은 이어졌고 정 중앙에서 무림십강의 두 사람, 백규와 철검서생이 그렇게 마주하게 되었다.

"맙소사! 철검서생이라니!"

장청이 머리를 부여잡고 털썩 주저앉았다.

"철검서생이 움직인 병력이 정확히 얼마나 되는 것이지?"

사도진이 정보를 가지고 달려온 운밀각의 수하에게 물었다.

"대략 삼백 정도입니다."

"문제는 그들의 실력이겠지. 당시 정무맹을 무너뜨리기 위해 움직였던 철검서생과 그가 이끌던 병력은 상당한 정예라고 들었네. 철검서생은 물론이거니와 그와 함께 움직였던 고수들의 실력도 막강하고."

마독의 표정도 전에 없이 심각했다.

"솔직히 병력을 우회하여 뒤를 치게 하는 계획이 성공을 거둔다면 생각보다 큰 성과를 거둘 수 있다고 여겼습니다. 한데 철검서생의 등장으로 모든 것이 물거품이 되었군요."

탁자를 주먹으로 툭툭 내려치는 장청은 허탈함을 감추지 못했다.

"그래도 마황성은 상당한 전과를 올리지 않았는가? 후방에서 대기하고 있던 여러 문파들을 괴멸시켰네. 병력의 숫자로만 따져도 사백에 육박해."

좌장로가 애써 위로를 하려 하였으나 그다지 큰 위로는 될 수가 없었다.

"차라리 천추세가의 주력이라 할 수 있는 위진대를 그렇게 격파했다면 이렇게 답답하지는 않겠습니다. 물론 마황성이 이번에 올린 전과가 결코 작은 것은 아니나 공을 들인 것에 비하면……."

장청이 쓰게 웃었다.

"무엇보다 아쉬운 것은 적 군사의 목을 취하지 못했다는 것입니다. 그야말로 촌각의 시간만 더 주어졌다면 승리보다 더 값진 결과를 얻을 수 있었을 텐데요."

사도진은 청진자가 소숙의 목숨을 빼앗을 절호의 기회를 놓친 것이 못내 아쉬운 듯했다.

"그 또한 운명이겠지요. 철검서생이 그 순간 들이닥칠 줄

누가 예상이나 했을까요? 걱정입니다. 청진자께서 우화등선
하신 것을 알면 맹주께서 꽤나 슬퍼하실 텐데요."

탄식을 하는 항몽의 표정은 더없이 슬펐다.

"모든 것이 우리의 불찰입니다. 너무 안일하게 여겼어요.
철검서생의 흔적을 놓쳤을 때부터 모든 가능성을 열어두었어
야 했는데요."

장청의 자책에 사도진과 항몽 또한 면목 없는 얼굴로 고개
를 떨궜다.

철검서생의 거취를 두고 그들 역시 많은 의견을 나누었었
다.

장청의 말대로 여러 가능성과 변수가 있었기 때문이었다.

그들이 내린 결론은, 아니, 가장 가능성이 높다고 판단한
것은 용천방이 노리고 있는 사천무림, 그중에서도 당가를 칠
확률이었다.

그 한 번의 판단 착오로 인해 그들은 천추세가에 치명적인
타격을 입힐 기회를 놓쳤다.

중요한 것은 철검서생은 처음부터 사천무림을 칠 계획이
없었다는 것이다.

소숙은 장강수로맹을 압박하고 마황성을 공략하는 계획을
세운 시점에서부터 철검서생을 비장의 한 수로 활용할 계획
을 세워두고 있었다.

그런 소숙의 의도는 완벽하게 들어맞았다.

전혀 예상 밖의 병력의 출현에도 피해를 최소화할 수 있었고 더불어 자신의 목숨까지 구한 것이다.

"장로님."

장청이 마독을 불렀다.

"말하게."

"……."

장청은 쉽게 입을 열지 못했다.

마독은 가만히 장청의 말을 기다렸다.

결심을 굳힌 듯 장청이 한참 만에 입을 열었다.

"만약을 위해 퇴로를 확보해 주십시오."

        *   *   *

"드디어 기어 나왔군."

임검혼이 살기 어린 시선이 천마단의 앞을 가로막는 위진대를 노려보았다.

온통 흑색 무복을 착용한 천마단과는 대조적으로 눈처럼 새하얀 무복을 입고 조용히 다가오는 위진대의 모습은 과연 천추세가의 주력, 천마단의 상대가 되기에 부족함이 없었다.

천마단의 갑작스런 기습에 당한 여타 문파의 무인들과는

달리 위진대는 천추세가의 주력이라는 자부심 때문인지 확실히 여유가 있었다.

"확실히 만만치 않은 것 같습니다."

전신을 피로 물들인 두총이 숨을 크게 들이쉬며 말했다.

"그래야지. 그래야 상대하는, 박살 내는 맛이 있겠지."

임검혼이 진하디진한 살기를 내뿜으며 웃었다.

"어쩌면 오늘 싸움에서 가장 중요한 순간일세. 상대는 마황성의 주력. 결코 방심해선 안 될 것이야."

식객청의 수장이라 할 수 있는 남해검군의 말에 한절이 자신만만하게 답했다.

"놈들을 괴멸시키고 반드시 승리를 쟁취하겠습니다."

"저들은 우리가 맡지."

남해검군이 고독검마 등을 가리키며 말했다.

천마단과는 달리 마황성의 노마들에 대해 상당히 부담을 느끼던 한절이 반색을 했다.

"부탁드리겠습니다. 화모견."

"예, 대주."

"네가 선봉이다. 앞장서라."

"영광입니다."

씨익 웃은 화모견이 검을 치켜 올렸다.

그가 부리는 수하들이 함성으로 일제히 화답했다.

"공격하랏!"

힘찬 외침과 함께 위진대의 선봉이 맹렬히 뛰쳐나갔다.

천마단에서도 그와 맞서 일단의 무리가 돌출되었다.

그리고 이내 양측 병력이 한데 뒤섞였다.

위진대가 천마단에 비해 두 배 이상의 병력을 지니고 있었지만 한절은 그들 모두를 동원하지 않았다.

병력의 우위가 아닌 실력의 우위로써 천마단을 굴복시키겠다는 의지로 상대와 비슷한 인원만을 동원한 것이다.

마황성과 천추세가 주력의 충돌.

명성 그대로 둘의 싸움은 용호상박(龍虎相搏)이라 할 만했다.

격렬했고 치열했으며 처절했다.

한참의 시간이 흘러도 어느 한쪽이 우위를 점했다고 할 수 없을 정도로 팽팽히 균형을 유지했다.

한편, 그들과 조금 떨어진 곳에서 펼쳐진 또 다른 싸움의 양상도 이들과 다르지 않았다.

적우를 필두로 한 마황성의 노마들과 남해검군을 비롯한 천추세가의 식객, 호법, 뇌화문 장로들이 한데 뒤엉킨 싸움은 말 그대로 처절, 그 자체였다.

무림에 거의 모습을 드러내지 않았던 뇌화문 장로들이 사용하는 열양지공(熱陽之功)은 세상 모든 것을 태워 버릴 기세

로 뜨겁게 타올랐고 이를 상대하는 빙백마후(氷魄魔后)의 빙
공은 모든 공간을 얼음으로 뒤덮어 버렸다.

백팔마령에 속한 귀영(鬼影), 귀수(鬼手) 형제의 활약 또한
발군이었는데 기괴막측한 움직임과 실체를 알아차리기 힘들
정도로 교묘하고 빠른 공격에 상대하는 이들 모두가 당황을
금치 못했다.

그들을 상대하던 식객들이 허무하게 목숨을 잃고 상황의
심각성을 인식한 남해검군이 직접 나서고서야 그들의 움직임
을 제어할 수 있었다.

고독검마의 검은 하늘을 무너뜨렸고 그와 맞서 싸우는 호
법 마륭(馬隆)의 장력은 땅을 위진시켰다.

하지만 그 누구보다 치열하게 싸우는 사람은 단연 적우였
다.

싸움이 시작되기 무섭게 가장 먼저 전장에 뛰어든 적우가
가장 먼저 노린 사람은 뇌화문의 문주 허량이었다.

적우는 허량의 정체를 알지 못했다.

사실 허량은 겉으로 드러난 모습으로만 보면 그 누구보다
평범했다.

다소 마른 체형에 키도 크지 않았고 눈매 또한 부드러운 것
이 전혀 위협적인 인상이 아니었다.

입가에 은은하게 지어진 미소는 시골 동네의 인심 좋은 노

인을 연상케 했다.

하지만 그런 허량의 모습에 감춰져 있는 거대한 힘을 적우는 놓치지 않았다.

그렇다고 어떤 확신이 있었던 것은 아니었다.

다만 본능에 이끌려 허량을 공격했고 단 한 번의 공방으로 자신의 판단이 정확했음을 확인했다.

허량은 쉽게 승리를 장담할 수 있는 인물이 아니었다.

승리보다는 오히려 패배를, 목숨을 걱정해야 할 만큼 강력한 고수였다.

적우는 자신이 평생 동안 갈고 닦은 무공으로 허량을 공격했다.

구초팔십일식으로 되어 있는 팔황섬뢰검법.

마존 엽소척에게 무림십강의 명성을 얻게 만들어준 절세의 검법이었다.

비록 엽소척의 수준에 이를 정도는 아니나 구성의 화후를 넘은 적우의 검은 가히 천하를 위진할 정도로 대단했다.

적우가 자신을 노리며 달려들 때 가소롭다는 듯 바라보던 허량의 표정은 온데간데없었다.

태산을 무너뜨릴 만큼 강력한 검기가 사위를 휩쓸고 듣도 보도 못한 매서운 절초들이 끊임없이 쏟아져 나오는 상황에서 여유 따위가 있을 수 없었다.

어깨와 옆구리에서 동시다발적으로 피가 튀었다.

끔찍한 고통이 온몸을 파고들었지만 아차 하는 순간에 목숨을 잃을 수 있다는 위기에 필사적으로 몸을 빼며 공세를 벗어났다.

이런 식으로 싸움이 이어지면 목숨도 목숨이지만 뇌화문의 문주로서 그동안 지켜왔던 자부심과 명성이 먼지처럼 사라질 터였다.

하지만 위기는 곧 기회라 했다.

폭풍처럼 돌진해 오는 적우를 보며 허량은 이를 악물었다.

"크윽!"

정신없이 도끼를 휘두르던 호태악은 등줄기를 파고드는 고통에 입을 쩍 벌렸다.

지금껏 경험해 보지 못한 고통이 밀려들었다.

호태악이 간신히 몸을 돌렸다.

그리고 자신에게 고통을 준 자의 면상을 볼 수 있었다.

"쥐새끼 같은 놈이!"

뒷걸음질 치는 사내의 가슴에 도끼를 박아 넣은 호태악의 신형이 비틀거렸다.

"씨팔! 더… 럽게 아프네."

지금껏 그 어떤 상황에서도 놓치지 않았던 도끼가 힘없이 떨어졌다.

천천히 무너져 내리는 호태악.

그를 안아드는 팔이 있었다.

호태악이 간신히 눈을 떠 사내의 얼굴을 확인하곤 피식 웃었다.

"황호⋯ 대의 공격은 여기까지. 잘해⋯ 보라고."

"대주님!"

두천행의 외침을 뒤로 호태악은 정신을 놓고 말았다.

"대, 대주님."

두천행이 당황하여 어쩔 줄을 몰라 하자 호태악을 안고 있던 적호대주 하백이 말했다.

"아직 목숨은 붙어 있다. 대주를 데리고 빨리 물러나라. 임무 교대다."

호태악을 두천행에게 넘긴 하백이 수하들에게 달렸다.

두천행은 적호대가 참전한 것을 확인하곤 얼마 남지 않은 수하들에게 명을 내렸다.

"황호대! 퇴각!"

무림을 대표하는 두 절대자가 뿜어내는 기세는 그야말로 장관이었다.

천하를 발아래에 둔 듯한 압도적이며 패도적인 기세의 백규.

그에 반해 모든 것을 포용할 듯 부드러우면서도 강직하고 당당한 모습을 유지하고 있는 철검서생.

두 사람의 싸움이 시작된 지 벌써 반 시진 가까이 흘렀고 주고받은 공방도 백여 초에 이르고 있었다.

아직 어느 쪽으로도 승부의 추는 기울어지지 않았다.

한 치의 양보도 없는 공방 속에서 서로의 강함을 뼈저리게 느끼고 있을 뿐이었다.

하지만 백규는 느끼고 있었다.

지금 당장은 몰라도 시간은 자신의 편이 아니라는 것을.

일신에 지닌 내력은 철검서생보다 우위에 있었지만 근본적인 체력은 그렇지 못했다.

'떠올리기 싫은 기억이 생각나는군.'

백규의 입가에 고소가 지어졌다.

언제가 유대웅과의 비무에서 똑같은 경험을 한 적이 있었다.

철검서생 이상으로 강했던 유대웅과 오랜 시간 동안 치열한 싸움을 펼쳤지만 결국 체력의 열세로 인해 승부에서 지고 말았다.

비록 결정적인 순간 유대웅의 양보로 체면을 차릴 수가 있었지만 패배를 한 것은 분명한 사실이었다.

이번에도 그런 꼴을 당할 수는 없었다.

결심을 굳힌 백규의 기세가 일변했다.

한 가닥으로 꼬여 있던 구룡금편이 아홉 가닥으로 풀리며 살아 움직이기 시작했다.

만약 유대웅이 그 광경을 봤다면 고개를 절레절레 흔들며 두려움을 나타냈을 것이다.

한 가닥으로 꼬여 있던 구룡금편이 아홉 가닥으로 풀리는 순간이야말로 혈룡구절편의 진정한 위력이 드러나는 때이며 가장 위험한 순간이기도 했다.

특히 혈룡구절편의 마지막 초식 구룡멸은 다시는 경험해 보고 싶지 않은 끔찍한 초식이었으니.

'위험하다.'

백규의 기세가 돌변하는 순간, 철검서생도 자신의 위기를 본능적으로 알아차렸다.

동시에 반 시진 가까이 이어졌던 치열한 싸움이 끝을 향해 달려가고 있음을 직감했다.

철검서생이 더없이 신중한 자세로 검을 고쳐 잡으며 백규 를 바라보았다.

같은 무림십강의 반열에 올라가 있다는 것만으로도 영광 일 정도로 백규의 실력은 대단했다.

만약 뇌하를 통해 깨달음 얻고 자신을 가로막던 한계를 깨 부수지 않았다면 싸움 자체가 되지 않을 정도로 실력의 차이가 컸다.

'반드시 이긴다.'

승부를 서두르는 백규의 모습에서 왠지 모르게 자신감이 생겼다.

우우우웅.

백규를 중심으로 광풍이 몰아치기 시작했다.

아홉 가닥으로 풀린 구룡금편이 미친 듯이 춤을 춘다.

붉게 빛나는 구룡금편.

드디어 아홉 마리의 혈룡이 세상에 모습을 드러냈다.

철검서생이 재빨리 선공을 펼쳤다.

뇌려풍비(雷勵風飛)라는 초식으로 바람처럼 빠르면서 위력적인 기운이 담긴 공격이었다.

하지만 백규를 에워싸고 있는 혈룡은 철검서생이 일으킨 기운을 단숨에 무력화시켰다.

현란한 움직임과 함께 철검서생을 향해 독아를 들이대는 혈룡.

한 번 기세에 밀리면 회복할 길이 없다고 판단한 철검서생이 전력을 다해 부딪치기 시작했다.

파암단악, 낙목한풍, 화련만개로 이어지는 군자팔검의 절초들이 혈룡의 위협에서 철검서생을 든든하게 지켜냈다.

그리고 어느 시점, 강력한 저항에 부딪친 혈룡의 움직임이 살짝 흔들리는 순간, 군자팔검의 마지막 초식이자 철검서생의 전력이 담긴 군자출세가 펼쳐졌다.

거대한 충돌이 일었다.

엄청난 충격파가 사방으로 퍼져 나가자 주변 오십 장의 모든 싸움이 일시에 멎었다.

말 그대로 하늘이 무너져 내리고 땅이 뒤집히는 광경에 다들 입을 쩍 벌리고 경악을 감추지 못했다.

그리고 모든 소요가 가라앉았을 때 사람들은 비로소 볼 수가 있었다.

갈가리 찢겨 나간 옷.

전신을 뒤덮은 피와 땀, 그리고 그것과 뒤섞인 흙먼지.

어느 것 하나 성한 것이 없었고 무사한 곳이 없었다.

백규의 입에서 나직한 신음이 흘러나왔다.

아홉 가닥으로 나뉘었던 구룡금편은 모든 힘을 토해내고 힘없이 늘어져 있었는데 그나마도 다섯 가닥이 잘려 나가고 남은 것은 네 가닥뿐이었다.

잘려 나간 다섯 가닥 중 두 가닥은 땅 바닥에, 두 가닥은 철검서생의 아랫배와 오른쪽 어깨에 박혀 있었다.

마지막이자 백규가 모든 것을 걸었던 것은 철검서생의 심장에 박혀 있었는데 본체와 잘렸음에도 아직 힘을 잃지 않고 팽팽함을 유지하고 있었다.

하지만 승리를 쟁취하려던 회심의 일격은 결국 실패하고 말았다.

철검서생의 방어막을 뚫고 접근하는 데 성공을 했지만 가슴을 뚫고 심장을 관통하기 직전, 철검서생의 손이 마지막 가닥을 낚아챈 것이다.

두 사람이 마주 보고 있었다.

언제 그토록 치열한 대결을 벌였냐는 듯 서로를 바라보는 눈에는 상대에 대한 경탄의 빛이 가득했다.

"결국 이렇게 끝났군."

백규가 잘려 나간 구룡금편을 허탈하게 바라보며 말했다.

"제대로 배웠습니다."

철검서생이 정중하게 허리를 숙였다.

철검서생을 바라보는 백규의 눈에 씻을 수 없는 패배감이 스쳐 지나갔다.

어차피 살날도 며칠 남지 않은 지금 목숨을 잃는 것은 상관없었으나 패배감은 견디기 힘들었다.

"장강의 앞물결은 뒷물결에… 지랄!"

거친 욕설과 함께 백규의 몸이 천천히 무너져 내렸다.

그제야 그의 가슴이 붉게 물들기 시작했다.

철검서생이 손에 들린 검을 바라보았다.

반으로 잘린 검.

잃어버린 반쪽이 지금 거인을 무너뜨리고 있었다.

"련주님!"

호위대장 잔겸이 번개같이 달려와 백규를 안아 들었다.

하지만 백규의 숨은 이미 끊어진 상태였다.

"련주님!"

잔겸의 처절한 음성이 전장에 울려 퍼졌다.

비로소 확실한 승패가 알려졌다.

무림십강이자 황하련주 백규의 죽음.

이 믿을 수 없는 결과에 한쪽은 절망했고 한쪽은 환호했다.

단 한 명의 죽음이었지만 그것이 전장에 미친 파장은 엄청난 것이었다.

그렇잖아도 조금씩 기울기 시작했던 승부의 추가 백규의 죽음을 기점으로 천추세가 쪽으로 급격하게 기울었다.

천추세가의 파상공세를 견디지 못한 장강수로맹 진영에서 마침내 싸움을 끝내는 한마디 외침이 들려왔다.

"퇴각하랏!"

*   *   *

'만호평(滿浩坪) 혈전'이라 명명된 싸움이 끝난 지도 벌써 열흘이 지났다.

장강수로맹을 주축으로 한 수많은 병력이 장강을 넘어 천추세가가 진을 치는 곳까지 밀고 올라갔고 일부 병력이 적의 이목을 피해 우회에 성공하며 기세를 올렸지만 천추세가의 저력은 실로 무서웠다.

적의 공격에 대비하여 철저한 준비를 했고 그 덕분에 장강수로맹에서 가장 상대하기 까다로운 유성대를 사실상 괴멸시키는 전과를 올렸다.

그리고 우회 병력으로 인해 잠시 위기 상황이 오기도 했지만 이 역시 소숙이 미리 안배한 병력의 도움을 받아 무사히 넘겼다.

특히 구원군을 이끌고 나타난 철검서생의 활약은 실로 눈부셨는데 무림십강으로 수십 년간 황하를 지배해 온 구룡금편 백규를 쓰러뜨린 사건은 만호평 혈전에서 최고의 화제가 되었다.

철검서생과 백규의 싸움에 빛을 바래서 그렇지 그날 만호평에선 인구에 회자될 만한 싸움도 수없이 많았다.

대표적인 싸움이 마황성의 후계자 적우와 뇌화문주 허량의 싸움이었다.

초반 기선을 제압한 것은 적우였으나 지금껏 세상에 드러나지 않은 뇌화문주의 저력은 상상 이상이었다.

허량은 단순히 화기만을 다루는 가문으로 알려졌던 뇌화

문의 무공이 얼마나 위력적이며 두려운 무공인지 적우를 겪으며 똑똑히 보여줬다.

물론 그 과정에서 허량 역시 족히 한두 달은 요양을 해야 하는 큰 부상을 당했지만 싸움이 끝나고 열흘이 지난 지금까지도 의식을 회복하지 못하는 적우에 비할 바는 아니었다.

철검서생에 의해 백규가 목숨을 잃고 적우를 비롯하여 마황성의 많은 노마까지 하나둘 쓰러지면서 결국 퇴각을 선택한 장강수로맹.

맨 후미에서 퇴각하는 아군의 병력을 끝까지 보호한 뇌우와 자우령의 활약은 그 옛날 장판교에서 홀로 조조의 대군을 막아냈다는 장비와 비견될 정도였다.

그 싸움에서 뇌우는 신도무쌍 우문창에게 불의의 일격을 당해 양다리를 잃고 말았다.

대노하여 우문창의 목을 날려버린 자우령의 도움으로 겨우 목숨은 건졌지만 무인으로서의 생명은 사실상 끝난 셈이었다.

그날 이후, 양측의 싸움은 다시 소강상태로 접어들었다.

선제공격을 통해 거의 천여 명에 이르는 적을 주살하는 성과를 얻었지만 결과적으로 그에 상응하는 피해와 함께 패퇴한 장강수로맹은 그대로 군산에 칩거했고 천추세가 역시 공격할 엄두를 내지 못했다.

그저 몇몇 장소에서 소소한 공방이 있을 뿐 세간의 이목을 끌 만큼 큰 싸움은 일어나지 않았다.

하지만 사람들은 알고 있었다.

지금의 침묵은 만호평 혈전과는 비교도 되지 않을 큰 전쟁을 앞둔 폭풍전야라는 것을.

그리고 그 폭풍이 시작되는 시점은 천추세가의 본가를 잿더미로 만든 장강수로맹주의 귀환과 마찬가지로 마황성에 이어 혈사림까지 무너뜨린 천추세가의 본진이 장강으로 집결할 때라는 것을 말이다.

배 한 척이 군산으로 접근했다.

장강수로맹의 식솔들을 비롯해 군산에 머물고 있는 뭇 군웅이 모조리 나와 그 배를 기다렸다.

배가 포구에 정박을 하고 유대웅을 필두로 천추세가를 공격했던 이들이 하나둘 모습을 드러냈다.

그들이 배에서 내릴 때마다 군산이 떠나가라 함성이 울려퍼졌다.

"어서 오십시오, 맹주님."

장청이 다소 무표정한 얼굴로 인사를 했다.

유대웅은 표정과는 달리 눈에 드러난 격한 감정을 확인하곤 그를 가만히 안아주었다.

장청의 몸이 가볍게 떨리는 것을 느끼며 가만히 어깨를 다독인 유대웅이 반가운 얼굴을 확인하곤 예를 차렸다.

"다녀왔습니다."

"어서 와라. 고생했다."

자우령이 환한 얼굴로 반겼다.

"활약은 익히 들었습니다, 어르신."

유대웅의 인사에 뇌하가 퉁명스레 받아쳤다.

"활약은 무슨. 꽁무니 뺀 기억뿐이다."

"사형도……."

청우의 모습에 반색을 하던 유대웅은 청우의 얼굴에 흉측하게 새겨진 검상에 표정이 굳었다.

"사형."

"괜찮아. 어차피 이런 몰골에 상처 하나 더한다고 달라질 건 없으니까."

청우는 대수롭지 않게 말을 했지만 유대웅은 그럴 수가 없었다.

"누구에게 당한 겁니까?"

"그걸 뭘 물어."

청우가 대답을 회피하려 할 때 바로 옆에서 청우가 당하는 것을 지켜본 추뢰가 얼른 끼어들었다.

"구룡상회의 회주라는 놈에게 당하셨습니다."

유대웅의 눈썹이 꿈틀거렸다.

"구룡상회의 회주?"

유대웅의 시선이 장청에게 향했다.

"한회라고 천추세가의 가주와 사촌지간입니다. 정확한 무
공 실력은 알려진 바 없습니다. 사실 사형께서 부상을 당하신
것도 한회의 무공이 강했다기보다는 오랜 격전으로 많이 지
치신……."

왠지 구차해진다고 여긴 청우가 장청의 말을 끊었다.

"내가 약해서 당한 것이다. 그 이상도 이하도 아니야."

가만히 청우를 바라보는 유대웅.

그의 눈에서 활활 타오르는 불꽃을 본 유대웅이 묵묵히 고
개를 끄덕였다.

전형적인 외유내강의 성격을 지닌 청우의 성격상 차후에
그를 만나게 되면 제대로 빚을 갚아줄 것이다.

"자, 여기서 이럴 게 아니라 태호청으로 가자꾸나. 들어야
할 얘기도 많고 해야 할 얘기도 많다."

자우령이 계속해서 밀려오는 군웅을 제지하며 말했다.

환영인사는 고마운 것이나 적이 코앞에 이른 지금 쓸데없
이 시간을 낭비할 여유가 없기 때문이었다.

태호청으로 향하기 전, 유대웅은 처소에 머물고 있는 뇌우

를 먼저 찾았다.

그리고 두 다리를 잃고 술에 취한 채 손짓하며 웃는 뇌우의 모습에 목 놓아 울음을 터뜨렸다.

간신히 마음을 달랜 유대웅은 태호청에 도착하여 제일 먼저 그간 벌어진 모든 일에 대한 보고를 들었다.

거의 반 시진 동안 장청과 항몽, 사도진이 번갈아 가며 보고를 했다.

대부분 알고 있는 내용이었지만 그간 전서구와 전령들을 통해 전해 들은 이야기에 비해 더욱 세부적이고 자세한 설명이 이어졌다.

"…마지막으로 황호대를 이끌었던 대주 호태악은 다행히 목숨을 구했습니다. 비록 부상……."

유대웅이 사도진의 설명이 끝나기도 전에 질문을 던졌다.

"정확히 얼마나 다친 거야? 설마 다시 무공을 사용하지 못한다거나 하는 것은 아니겠지?"

유대웅이 두 다리를 잃은 뒤 치료는 뒤로하고 술로 세월을 보내고 있는 뇌우를 떠올리며 입술을 꽉 깨물었다.

"그렇지는 않습니다. 부상 부위가 다행히 급소를 피했고 워낙 강골이라 어느 정도 정양을 하면 별 무리 없이 회복할 것이라 했습니다."

"그래? 하긴 쓸데없이 튼튼하긴 하지."

유대웅의 농에 좌중에서 웃음이 터져 나왔다.

농으로써 침울했던 분위기를 바꾼 유대웅이 항몽에게 물었다.

"어디까지 올라왔다고 합니까?"

순식간에 웃음이 사라졌다.

"원담(源潭)에 이르렀다고 합니다."

"원담이라면 바로 지척 아닌가요?"

유대웅이 깜짝 놀라 되물었다.

"예, 빠르면 사흘, 늦어도 나흘이면 도착할 수 있는 거리입니다."

"후~ 대단하군요. 우리도 빨리 움직인다고 움직였는데 며칠 차이가 나지 않다니 말입니다. 게다가 중간에 남궁세가를 거쳤음에도요"

남궁세가라는 말에 곳곳에서 탄식과 분노의 함성이 터져 나왔다.

본가가 잿더미로 변한 것에 분노한 한호는 해상으로 이동하려는 계획을 접고 동정호를 향해 그대로 북서진을 시작했다.

그 길에 있는 남궁세과와는 필연적으로 부딪칠 수밖에 없었다.

구파일방과 함께 정무맹을 양분했던 오대세가의 수장.

정무맹이 사라지고 구파일방이 몰락한 지금 사실상 정파의 구심점은 남궁세가라 할 수 있었다.

그것을 증명이라도 하듯 남궁세가를 향해 엄청난 문파와 무인들이 몰려들었다.

특히 태생적으로 장강수로맹에 반감을 지닌 이들의 힘이 남궁세가로 쏠리니 그 힘이 어느새 장강수로맹을 뛰어넘을 정도였다.

그런 남궁세가가 반나절 만에 멸문지화를 당하며 무림에 엄청난 충격을 주었다.

천추세가와 싸우기 위해 남궁세가에 몰려들었던 군웅들 역시 대두분이 몰살을 당했는데 철저하게 괴멸을 시켜야 하는 적을 제외하고는 나름 손속에 인정을 두었던 그간의 행보와는 달리 천추세가는 그들을 적대시하는 이들을 결코 용서하지 않았다.

심지어 항복을 하는 몇몇 문파까지 그대로 멸문시켜 버리는 만행을 저질렀다.

호사가들은 천추세가의 변모가 유대웅과 능위가 천추세가의 본가를 공격한 이후 벌어진 일이라면 우려를 표하며 천추세가의 다음 행보를 두려운 마음으로 지켜보았다.

남궁세가를 쓸어버린 천추세가는 그야말로 파죽지세로 강남을 공략하며 계속 북서진했다.

그들 앞을 가로막는 그 어떤 장애물도 존재하지 않았다.

거의 대부분의 문파가 아예 봉문을 하거나 그들을 피해 문파를, 세가를 버리고 떠났으며 일부는 모든 저항을 포기하고 굴욕적인 항복을 통해 목숨을 연명했다.

그렇게 덩치를 불려가며 북상하는 천추세가는 장강수로맹에서도 큰 부담이었다.

그리고 유대웅이 복귀한 지금, 천추세가의 주력 역시 코앞까지 도착해 있는 것이었다.

"현재 저들의 전력은 얼마나 되는 겁니까?"

유대웅이 좌중의 분위기에 어색한 웃음을 흘리며 물었다.

"어느 쪽을 말씀하시는 건지요?"

항몽이 공손히 되물었다.

"원담에 도착했다는 병력 말입니다."

"처음 본가를 떠났을 때보다 병력 수는 배는 늘어났습니다."

"그렇게나요?"

유대웅의 눈이 동그래졌다.

"예, 마황성과 혈사림을 공격하면서 전력의 누수가 제법 되었지만 남궁세가를 무너뜨리는 시점에서 인근 문파들이 앞을 다투어 항복을 하였습니다."

항몽의 말이 끝나기가 무섭게 곳곳에서 욕설이 터져 나왔다.

"병신 같은 놈들!"

"자존심을 버리고 개같이 살아서 뭐를 하겠다고!"

소란스러움이 가라앉기를 잠시 기다린 항몽이 말을 이었다.

"그들로서야 생존이 걸린 문제였겠지만 아쉬움은 어쩔 수가 없네요. 그들과 대항하기 위해 동정호로 달려오는 이들의 숫자를 비교해 볼 때 더욱 그렇고요."

"차이가 많이 나는 모양이군요."

"예, 솔직히 회복하기 힘들 정도로 차이가 벌어졌어요."

항몽의 대답에 태호청의 분위기가 무섭게 가라앉았다.

"그나마 다행이라면 새로운 조력자가 지난밤에 도착을 했다는 것입니다."

장청이 고독검마의 눈치를 힐끗 살피며 말했다.

방금 전, 보고를 들었던 유대웅은 장청이 거론하는 이들이 누구인지 알고 있었다.

천추세가에 복수를 다짐하고 마황성을 떠난 구양걸과 그의 수하들이 때마침 군산에 도착한 것이었다.

"그들은 어디에 있지?"

"악양 외곽에 있습니다."

"악양에? 거기는 천추세가의 세력권 아닌가?"

"맞습니다. 하지만 그다지 신경 쓰는 눈치가 아닙니다."

"대단하군."

유대웅이 감탄성을 터뜨리자 고독검마가 한마디를 덧붙였다.

"태상과 그의 수하들은 그만한 자신감을 보여도 좋을 만큼 강한 자들이네."

"그런가요? 그렇다면 다행이지요. 활약을 기대해도 되겠어요. 그런데 큰 문제는 없는 겁니까?"

유대웅이 무엇을 묻고자 하는지 모를 리 없는 고독검마가 한숨을 내쉬었다.

"다소 걱정을 하기는 했네. 그런데 그들과 가장 마찰을 일으킬 만한 사람이……."

고독검마는 차마 말을 잇지 못했다.

"강한 분이니 곧 차도가 있을 것입니다."

적우가 아직도 사경을 헤매고 있음을 알고 있던 유대웅이 안타까운 얼굴로 위로했다.

바로 그때였다.

태호청의 문이 열리며 한 무리의 사람이 안으로 들어섰다.

고개를 돌려 그들을 바라보던 유대웅이 벌떡 일어났다.

가장 앞서 오는 당학운도 반가운 얼굴이지만 당학운 뒤, 그동안 무척이나 그리워하던 얼굴이 보였기 때문이었다.

第五十五章
화무십일홍(花無十日紅)

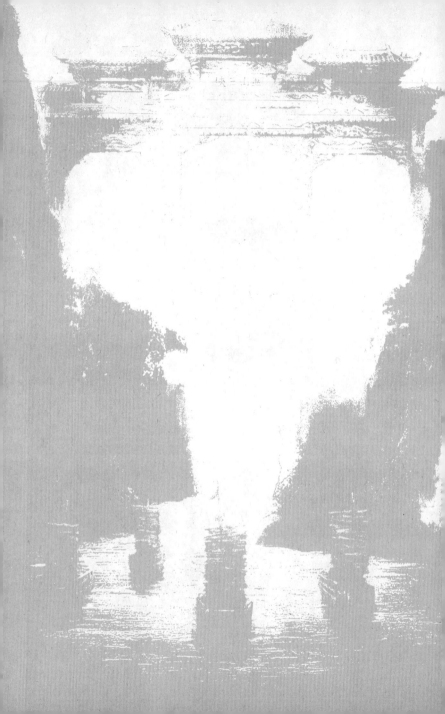

"그러니까 뭐야? 약은 준비가 되었는데 이것을 검증할 방법이 없다는 거야?"

광의가 어처구니없다는 표정으로 주위를 둘러보았다.

그동안 사람의 뇌 속에 자리 잡은 혈고를 제거하는 방법을 찾기 위해 불철주야 노력을 했던 당가의 인물들과 성수의가의 의원들이 아무런 대꾸도 하지 못하고 딴청을 피웠다.

"혈고에 대한 실험에서 약의 효과는 분명 증명되었다. 문제는 과연 사람에게도 통하냐는 것인데……."

성수의가를 대표하고 있는 송유가 곤혹스런 얼굴로 입을

열자 광의가 불같이 화를 냈다.

"그러니까! 혈고에 감염된 놈이 한 놈도 없냐고? 그런 준비도 없이 해결책을 찾으려고 한 거냐?"

광의의 일갈에 다들 꿀 먹은 벙어리가 되었다.

"그게 말처럼 쉬운 게 아니잖아요."

보다 못한 송하연이 날카롭게 눈을 치켜뜨며 말했다.

당가의 어른들과 송유 앞에서 언성을 높이는 것 자체가 버릇없는 행동을 비쳐질 수 있었지만 광의의 말과 행동 자체가 워낙 무례했기에 다들 송하연의 행동에 은연중 지지를 보냈다.

"한심해서 그런다. 그런 기본적인 준비도 없이 대체 뭐를 해결하겠다는 것인지. 이 약만 해도 그렇다. 노부가 그놈에게 잡히지만 않았어도 만들 엄두를 내지 못했을 게다."

광의가 답답함을 감추지 못하고 혀를 찼다.

한데 그의 말투가 다른 이들에게 하는 것과는 달리 어딘지 모르게 부드러웠다.

"그럼 이렇게 하자. 네놈들이 혈고를 직접 몸에 넣어보는 건 어떠냐?"

광의가 꿈틀대는 혈고를 잡아들고는 천연덕스런 표정으로 제안했다.

순간, 방 안에 모인 이들의 표정이 그대로 굳었다.

몇몇은 아예 광의의 시선을 피해 고개를 돌려 버렸다.

"송가 늙은이야. 네가 해보는 게 어떠냐?"

광의가 송유에게 혈고를 들이밀었다.

송유가 얼른 물러났다.

"쯧쯧, 명색이 의원이라는 놈이."

혀를 차는 소리에 송유의 얼굴이 붉게 물들었다.

"그럼 너는 어떠냐?"

광의가 혈고를 독왕당주 당고웅에게 들이밀었다.

"치, 치워랏!"

당고웅이 기겁을 하며 도망치자 코웃음을 친 광의가 손에 든 혈고를 번식통에 집어던졌다.

"그럼 방법이 없겠네. 본 신의를 믿고 그냥 사용을 하거나 아니면 감염된 실험 대상자를 찾아오든가. 그것도 아니면 대의니 거룩한 희생이니 어쩌니 하면서 아랫것들을 꼬셔 보든가."

광의의 신랄할 비꼼에 누구 하나 입을 여는 사람이 없었다.

"그러니까 네놈들이 안 된다는 것이다."

광의가 조금 전 번식통에 던졌던 혈고보다 더욱 큰 혈고 한 마리를 집어 들며 말했다.

"네놈들은 그저 남들이 갔던 길만 가려 하고 모르거나 확실하지 않은 것은 아예 시도 자체를 하지 않으려고 하지. 말이야 검증이니, 안전이니 지랄을 해대지만 결론은 뻔한 거야. 새로운 것에 대한 도전 자체를 거부하는 거지. 그럴 만한 용기도 없고 배짱도 없는 것이지. 말로는 뭘 못해. 쓰레기 같은 놈들!"

당가와 성수의가의 의원들에게 일갈하는 광의의 모습은 그가 정말 목적을 위해선 수단과 방법을 가리지 않고 심지어 사람의 목숨까지도 하찮게 치부한다던 그 광의인지 의심할 정도로 위엄이 있었다.

"네놈들이 못한다면 본 신의가 증명을 해주지."

다시금 비웃음을 흘린 광의가 누가 말릴 틈도 없이 혈고를 콧속에 집어넣었다.

빨려 들어가듯 순식간에 콧속으로 사라지는 혈고.

"미, 미친! 이게 무슨 짓이냐!"

송유가 기겁하며 달려오자 광의가 거칠게 그를 밀쳤다.

"이제와서 호들갑 떨지 말고 결과나 지켜봐. 그나저나 꽤나 불쾌하군."

혈고가 자리를 잡는 움직임이 몹시 마음에 들지 않는지 잔뜩 인상을 찌푸리던 광의는 혈고가 뇌 속에 자리를 확실하게 잡았다고 여겨질 때 그가 만든 환약을 집어 들었다.

"잘 지켜보라고. 본 신의의 실력을 말이다. 크하하하하!"

"그게 나흘 전의 일이었어요."

유대웅이 무사히 귀환한 것이 기뻤는지 송하연이 생글생글 웃으며 말했다.

"그래서? 그 미친 영감은 어찌 되었지?"

유대웅은 자신이 만든 약을 증명하기 위해 스스로 혈고를 뇌 속에 넣었다는 광의의 기행에 혀를 내둘렀다.

송하연을 대신해 당학운이 답했다.

"약을 복용하고 나서 일각 정도 지나서 미친 듯이 구역질을 하더군. 그리고 그가 토한 토사물에서 축 늘어진 혈고가 발견되었네."

"그, 그럼 성공한 건가요?"

장청이 벌떡 일어나며 물었다.

"성공한 것이지. 지금까지 멀쩡히 살아 있으니 부작용도 없다는 것이 확인되었고."

당학운의 말에 태호청에 환호성이 울려 퍼졌다.

천추세가의 무력도 무력이지만 그들이 가장 두려워한 것은 천추세가가 전가의 보도처럼 사용하는 혈고였다.

혈고로 인해 어쩔 수 없이 천추세가의 꼭두각시가 되어버린 이들과 무기를 맞대야 하는 안타까움, 그리고 어쩌면 자신들도 그런 신세로 전락할 수 있다는 두려움이 늘 공존했다.

한데 마침내 그런 두려움을 해소할 수 있는 길이 생긴 것이다.

중요한 것은 해약을 찾아냈다는 것은 단지 그런 공포심을 없앴다는 수준이 아니라 혈고로 인해 천추세가에 굴복한 이들을 다시 원상태로 돌릴 수 있는 방법을 찾았다는 것에 진정한 의미가 있었다.

"이 약만 있으면 천추세가에 동조하는 수많은 문파를 이쪽으로 끌어들일 수 있습니다."

장청의 말에 당학운이 고개를 끄덕였다.

"그렇지. 이미 그 같은 시도를 하고 있네."

"예?"

장청이 놀란 눈을 치켜뜨며 물었다.

당학운이 태호청에 있는 군웅을 둘러보며 말했다.

"다들 아시다시피 현재 사천 무림의 상황이 좋지 못합니다. 대파산을 넘은 용천방과 수많은 문파가 사천 무림을 공략하고 있습니다. 본가와 아미, 청성파 등이 혼신의 힘을 다해 막고는 있지만 솔직히 역부족입니다. 워낙 많은 병력이 동원된 터라 감당하기가 쉽지 않습니다. 어제는 청성파가 치명적인 피해를 당했지요. 이제 곧 본가가 위험에 처하게 될 것입니다. 하지만 당장 내일이면 싸움의 양상이 바뀔 것입니다."

"혹, 해약으로 용천방에 합류한 이들의 마음을 바꾼 것입니까?"

장청의 음성이 살짝 떨렸다.

"바꿀 예정이네."

"안 됩니다!"

장청이 비명과도 같은 외침을 내뱉었다.

장청은 갑작스런 상황에 당황한 당학운의 표정도 살필 틈도 없이 입을 열었다.

"당가의, 사천 무림의 상황이 얼마나 심각한지 모르지 않습니다. 그럼에도 쉽게 지원군을 보내지 못함을 죄송스럽게 생각합니다. 하지만 지금 당장 해약을 사용하는 것은 반드시 재고되어야 합니다."

장청은 당학운이 뭐라 대꾸를 하기도 전 말을 이었다.

"약의 효과가 확실하다면 순식간에 용천방을 괴멸시킬 수 있습니다. 안팎에서 공격을 당한다면 천하의 그 어떤 문파도 배겨낼 재간이 없을 테니까요. 문제는 그 이후입니다. 용천방이 갑작스레 무너지면 천추세가는 당연히 그 원인을 찾으려 할 것입니다. 그리고 알게 되겠지요. 우리가 혈고의 해결책을 찾아냈다는 것을요. 당연히 그에 대한 대비를 하게 될 것입니다."

"그러나 본가가……."

"당장에 위험을 면할 수는 있겠지만 천추세가의 야욕을 꺾지 못하는 한 사천 무림의 미래도 없습니다."

장청의 단호한 어조에 당학운도 일순 대꾸할 말을 잃었다.

"해약의 사용을 멈춰 달란 말인가?"

"예, 장강이북에, 그리고 지금 밀려 올라오는 천추세가의 병력에 속한 자들을 설득할 시간이 필요합니다."

"얼마의 시간이 필요할 것 같은가?"

장청이 항몽을 바라보았다.

잠시 생각에 잠겼던 항몽이 입을 열었다.

"혈고는 천추세가에 합류한 당사자들보다는 그들 가족에게 투입된 경우가 대부분이지요. 그리고 그들은 이곳과는 멀리 떨어진 곳에 있습니다. 본문의 힘을 최대한 이용한다고 해도 최소한 열흘은 걸립니다."

"너무 오래 걸리는군. 이미 상당한 병력을 소모한 본가는 그렇게 버틸 여력이 없네."

당학운이 회의적인 표정을 짓자 유대웅 역시 같은 생각이라는 듯 고개를 끄덕였다.

"코앞에 이른 천추세가의 본진도 그렇게 오래 기다려 줄 것 같지는 않군. 우리야 이곳에서 버티고 있으면 그만이라지만 군산 외부에서 대기하고 있는 이들을 생각하면 싸움을 피할 수는 없지. 그들의 도움 없이는 천추세가를 이긴다는 것 자체가 불가능한 것이니까. 장청."

"예, 맹주님."

"저들의 예상 공격 시간은?"

"아무리 늦어도 오 일 이내엔 공격을 감행할 것 같습니다."

유대웅이 당학운에게 고개를 돌렸다.

"오 일이면 어떻습니까?"

"음. 솔직히 쉽지는 않을 것 같네. 하지만 일단 가주께 연락을 취해 보겠네. 모든 것의 선택은 가주께서 하실 것이네."

그때였다.

카랑카랑한 음성이 태호청을 울렸다.

"선택은 무슨 선택!"

호통 소리에도 당학운의 얼굴이 확 펴졌다.

"당숙!"

"당숙이라 부르지도 마라."

뇌우와 술잔을 기울이다 뒤늦게 태호청에 도착한 당곤이 잔뜩 화난 얼굴로 소리쳤다.

"대체 당가가 언제부터 이리 약해졌단 말이냐? 용천방? 이제 겨우 용틀임을 하는 놈들에게 짓눌려서는."

"하지만……."

"시끄럽다. 본가에 당장 전서구를 띄워라. 가주에게, 아니, 그놈의 성향 상 어떤 판단을 할지 모르니 그놈의 애비에게 전서구를 보내라. 아무리 이빨 빠진 호랑이라도 아들놈을 제어할 힘은 있겠지."

유대웅은 무림십강에 가장 근접했다는 사천무제 당성을 이빨 빠진 호랑이라 폄하하는 당곤의 말에 헛바람이 나오기는 했지만 내심 환호성을 지르고 있었다.

당가의 일은 당곤의 호통 한마디로 바로 정리가 되었다.

아직 가주의 판단이 남아 있었지만 다들 당곤의 의견이 관철되리라는 것을 직감했다.

"하면 이제 우리가 해야 할 일을 알겠지?"

유대웅이 장청을 돌아보며 물었다.

"예."

"안타깝지만 시간이 촉박하다. 모든 사람을 설득할 수는 없어. 장강에서 왕복 오 일 거리 이내에 있는 문파들의 식솔들을 설득한다. 그렇지만 정확하게 판단을 해야 해. 처음엔 협고 때문에 어쩔 수 없이 굴복했지만 지금은 아예 마음이 기운 곳도 있을 것이니까. 자칫하면 작전이 노출된다."

"명심하겠습니다."

"마 장로님."

유대웅이 마독을 불렀다.

"예, 맹주."

"다시 한 번 장로님께, 은영문에 의지해야겠습니다."

"말씀하십시오."

마독이 부드럽게 미소 지었다.

"선택된 문파들을 은밀히 방문해 주십시오. 모고를 지닌 자가 상주해 있을 터이니 뇌 속에 있는 자고가 해결되면 바로 제거해 주시고요. 혈고에서 자유로워졌다는 증거도 받아오셔야 할 겁니다."

"그건 문제가 아니나 모조를 지닌 자를 제거하면 혹 적이 눈치를 채지 않을까요?"

"길어야 하루 이틀 연락이 끊기는 것입니다. 그렇게 자주 연락을 한다고 생각되지도 않고요. 또한 본진에서 그들까지 신경 쓸 여력은 없을 겁니다."

"알겠습니다."

유대웅이 금완에게 고개를 돌렸다.

"은영문으론 부족합니다. 집법단주께서 월광대와 함께 움직여 주십시오."

"알겠습니다, 맹주."

얼마 전, 항몽을 통해 웅풍금가가 몰락한 배후에 천추세가가 있었다는 것을 확인한 금완이 원독에 찬 눈빛을 빛내며 대답했다.

마음 같아선 직접 싸움에 참여하고 싶었지만 자신의 맡은 일이야말로 천추세가의 몰락에 결정적인 역할을 할 수도 있다는 생각에 욕심을 버렸다.

"영영."

"예, 사숙."

"너도 간다. 본문의 제자들을 이끌고 움직여."

"알겠습니다."

영영은 토를 달지 않고 공손히 대답했다.

그런 영영을 바라보며 마독이 흐뭇한 미소를 지었다.

일사천리로 명을 내린 유대웅이 좌중을 둘러보며 말했다.

"비밀이 새어 나가지 않도록 절대적으로 주의해 주십시오. 결전은 오 일 후, 장소는 만호평이 될 것입니다."

그가 결전의 장소를 만호평으로 선택한 것은 지난번의 패배를 다시금 되풀이하지 않겠다는 굳은 의미였다.

*　　　*　　　*

처절한 혈풍이 한차례 휩쓸고 간 만호평.

며칠 전, 큰 비가 내렸음에도 만호평 곳곳엔 그때의 처절한 흔적이 남아 있었다.

특히 거대한 폭발과 함께 유성대를 집어삼킨 구릉은 흉측한 몰골로 방치되어 있었다.

"저곳이군요. 그 유성대인가 뭔가 하는 자들을 괴멸시킨 곳이."

천추세가의 병력을 이끌고 보무도 당당히 만호평에 등장

한 한호가 구릉을 가리키며 말했다.

"모진의 작전이 좋았지요. 만약 그자들을 방치했다면 아군의 피해가 훨씬 더 컸을 겁니다."

한호가 고개를 끄덕이며 잘린 팔을 붕대로 대충 감고 서 있는 모진을 바라보았다.

아직 부상이 낫지 않은 것인지 안색이 창백하고 연신 식은 땀을 흘리고 있었다.

"그러게 남아 있으라니까."

"아, 아닙니다, 가주님."

"아무튼 네 공은 절대로 잊지 않겠다."

한호는 모진이 몸을 돌려 소숙의 목숨을 구한 것을 진심으로 고마워했다.

그에게 소숙은 단순히 사제관계를 떠나 부모 이상의 존재였다.

"그런데 모진."

"예, 군사님."

"놈들의 동태는 어떠냐? 별다른 이상은 없는 것이냐?"

"예; 일부 병력이 이탈하는 모습을 보이기는 했지만 딱히 수상한 움직임은 없었습니다."

"확실한 것이냐?"

"그렇습니다."

거듭 확인을 하는 소숙의 모습에서 한호는 소숙이 지난번 싸움에서 우회를 한 적에게 당한 기억이 제법 크게 남아 있다고 여겼다.

"너무 걱정하지 마십시오, 사부. 이번 싸움에서 변수는 존재하지 않습니다. 설사 존재한다고 해도 무의미하지요."

"하지만 가주. 아무래도 이상합니다."

"뭐가 그리 이상합니까?"

한호가 웃으며 물었다.

"저들이 굳이 날짜와 장소를 정해 정면 대결을 요청했다는 것이 수상하다는 것이지요."

소숙은 불안감을 감추지 못했다.

"장강수로맹이 군산에만 처박혀 있을 수 없다고 결국 정면 대결을 피하지 못한다는 말씀을 하신 것은 사부입니다. 그리고 사부의 말대로 되었는데 이제 와서 이상하다니요."

"저들이 너무 쉽게, 불리한 상황임을 뻔히 알면서도 그런 제안을 했다는 것이 영 마음에 걸립니다."

"무적마도가 수하들을 이끌고 합류했습니다. 그리고 혈사림주가 잔당들을 데리고 전장에 도착하리라 예상됩니다. 숫자는 적어도 그들의 전력이라면 결코 무시할 수 없는 수준이지요. 게다가 유대웅에겐 희대의 무… 기가 있습니다."

무기란 단어를 언급하는 한호의 인상이 살짝 찌푸려졌다.

지금도 불사완구를 떠올리면 왠지 속이 쓰렸다.

"과연 그런 이유일까요?"

"사부께서 만호평을 중심으로 인근 지형까지 샅샅이 조사를 하신 것으로 압니다. 아닙니까?"

"그랬지요. 행여나 저들이 우리가 사용한 수법을 사용할 수도 있으니까요."

"별 이상은 없었지요?"

"그게……."

"만호평은 저들이 아니라 우리의 앞마당이나 다름없습니다. 만약 이상이 있다면 정말 큰일이지요."

환한 웃음을 터뜨리던 한호는 소숙의 눈에서 기광이 번뜩이자 천천히 몸을 돌렸다.

엄청난 인원의 병력이 만호평을 향해 다가오고 있었다.

그들의 중심에 선 사내는 멀리서도 한눈에 알아볼 수 있을 정도로 거대한 덩치를 지니고 있었다.

한호의 입가에 엷은 미소가 지어졌다.

"다시 봐도 크군요."

"초진창을 얻었다고 했습니다. 과거의 그가 아닙니다."

소숙의 경고에 한호의 미소가 조금 짙어졌다.

"기대하던 바입니다. 오늘에서야 끝내지 못한 승부를 가릴 수가 있겠군요."

반짝반짝 빛나는 한호의 눈빛에서 소숙은 한호가 유대웅과의 승부를 통해 유대웅은 물론이고 과거 화산검선과의 승부까지 마무리하려 한다는 것을 깨달았다.

한호가 앞으로 걸어갔다.

"가, 가주."

당황한 소숙이 한호를 불렀지만 한호는 뒤쪽으로 손을 살랑살랑 흔들 뿐이었다.

한호의 움직임에 맞춰 유대웅 역시 앞으로 걸어 나갔다.

만호평에 모인 이들의 수는 어림잡아 오천 명.

무림 역사에 이토록 많은 이가 한 장소에 운집해 결전을 준비한 적은 단언컨대 단 한 번도 없었다.

그들의 시선이 두 사람에 쏟아졌다.

상대 진영에서 행여나 어떤 움직임을 보일지 몰랐기에 명이 떨어지면 당장에라도 뛰쳐나갈 수 있도록 만반의 준비를 갖춘 상태였다.

"오랜만이군."

한호가 환한 미소와 함께 유대웅을 반겼다.

"예, 오랜만입니다, 가주."

"우리가 마황성을 치는 동안 꽤나 멋들어진 행보를 보였더군."

"그렇게 되었습니다. 당하는 입장에서 뭐라도 해야 했으니까요."

유대웅이 어깨를 으쓱였다.

"다른 것은 몰라도 불사완구는 무척이나 아깝더군."

"좋은 선물이라 생각했습니다."

"선물이라. 그럴 수도 있겠군. 우리도 혈사림으로부터 그 많은 불사완구를 얻었으니. 그러고 보면 혈사림주만 손해를 본 셈인가?"

"그런 셈이군요."

한호와 유대웅이 마주 보며 웃었다.

"그래도 본가의 일은 조금 심했네."

"저도 유감스럽게 생각합니다. 과하긴 했지요. 하지만 그 또한 천추세가 초래한 일이기도 합니다."

"알지. 인정해. 그래도 사람의 마음이란 당한 것을 뼈저리게 기억하지 행한 것을 그리 마음에 담아 두지는 않는다네."

유대웅은 한호의 눈빛과 음성이 점점 차가워진다는 느낌을 받으며 잠시 호흡을 가다듬었다.

"그건 저도 마찬가지입니다. 천추세가가 화산에서 벌인 일은 바로 여기에 확실히 담아두었습니다."

유대웅이 가슴을 탕탕 치며 말했다.

그런 유대웅을 가만히 지켜보던 한호가 다시 미소를 지었다.

"자네를 그냥 보내고 내가 사부께 얼마나 곤욕을 치렀는지 아나?"

"그때의 일은 지금도 고맙게 생각합니다."

솔직한 심정이었다.

천추단과의 싸움에서 큰 부상을 당하고 한호를 만났을 때 만약 그가 마음을 먹었다면 자신의 목숨은 바로 그때 끊어졌을 터였다.

"조금은 후회하고 있다네."

한호가 한쪽 눈을 찡그리며 너스레를 떨었다.

이 또한 그의 솔직한 심정이었다.

유대웅이란 존재로 인해 천추세가는 실로 엄청난 피해를 보았다.

수많은 수하와 동료, 피붙이들이 목숨을 잃었고 결정적으로 대업을 이루는 데 유대웅과 장강수로맹만큼이나 큰 걸림돌은 없었다.

"그런 의미에서 술이나 한잔하지."

"예?"

난데없는 제안에 유대웅이 깜짝 놀라 반문했다.

"뭘 그리 놀라나. 어차피 시간은 길고 굳이 우리가 아니더라도 피를 보려는 사람은 넘치고 넘치네."

한호는 유대웅이 초대에 응할 것이라 확신하는지 몸을 틀었다.

그가 움직이는 방향은 천추세가가 있는 진영이 아니었다.

장강수로맹이 진을 치고 있는 곳도 아니었다.

얼떨결에 한호를 따라 발걸음을 움직이던 유대웅의 입에서 헛바람이 흘러나왔다.

언제 준비한 것인지 나무 그늘 밑에 조촐한 술상이 마련되어 있었기 때문이었다.

바닥에 털썩 주저앉은 한호가 유대웅을 향해 손짓했다.

"앉게. 사부 몰래 준비하느라 고생 좀 했다네."

어이없는 웃음을 흘린 유대웅이 들고 있던 초진창과 차고 있던 초천검을 바닥에 휙 던지고 술상 앞에 앉았다.

의미심장한 눈빛을 주고받은 두 사람은 주거니 받거니 하며 준비된 술을 단숨에 비워가기 시작했다.

간간히 터져 나오는 웃음과 장난스런 행동을 보면 마치 친한 친구끼리 한담을 나누며 술잔을 기울이는 모습으로 착각을 할 정도였다.

수천 쌍의 눈동자가 이런 어이없는 상황을 지켜보며 할 말을 잃고 말았다.

소숙은 아예 고개를 돌려 외면했고 장강수로맹 쪽에서도 한숨을 푹푹 내쉬었다.

그럼에도 함부로 움직이지 못하는 것은 두 사람이 양측의 수장이라는 것.

그리고 사소한 움직임에도 곧바로 싸움이 시작된다는 것을 알기 때문이었다.

하지만 마침내 참지 못한 한 사람이 진영을 이탈했다.

그가 향한 곳은 전장이 아니라 한호와 유대웅이 술자리를 벌이고 있는 곳이었다.

"이게 누구시오, 무적마도 노선배가 아니오?"

한호가 어느새 곁으로 다가온 구양걸을 바라보며 웃었다.

"장난은 여기까지. 검을 들어라."

구양걸이 스산한 살기를 드러내며 말했다.

한호는 구양걸의 살기를 온몸으로 받아내면서도 여유를 잃지 않았다.

"유감스럽지만 노선배는 내 상대가 아니오. 내 상대가 될 수 있는 사람은 오직 한 명뿐이오."

한호가 모른 척 술잔을 기울이고 있는 유대웅을 바라보며 말했다.

자신을 철저히 무시하는 한호의 반응에 구양걸은 더 이상 참지 않았다.

참을 이유도 없었다.

"상대를 잘못 찾은 것 같습니다."

뒤쪽에서 들려오는 담담한 음성에 구양걸의 고개가 살짝

돌아갔다.

구양걸의 움직이는 것과 동시에 진영을 떠난 철검서생이
었다.

구양걸은 눈앞의 중년인이 보통 상대가 아님을 직감했다.

"너는 누구냐?"

"사도연이라고 합니다."

"철검서생!"

구양걸이 흠칫 놀랐다.

구룡금편 백규를 쓰러뜨린 철검서생의 명성은 한호나 유
대웅에게 버금갈 정도였다.

"노부는……."

철검서생이 정중히 말했다.

"무림에 적을 둔 무인으로서 무적마도 노선배님을 어찌 모
르겠습니까?"

"음."

입에 발린 소리라도 철검서생이 인정을 해주자 기분이 좋
았다.

슬쩍 한호와 유대웅을 살핀 구양걸은 잠시 멈칫하다가 이
내 결정을 내렸는지 몸을 돌렸다.

"잠시 돌아가는 것도 나쁘지는 않겠지."

철검서생을 쓰러뜨리고 한호를 상대하겠다는 광오한 선언

이었다.

"의도대로 되지는 않을 것입니다."

철검서생도 지지 않고 대꾸했다.

"기대하지."

두 사람이 자리를 떠나자 한호가 빈 잔을 들며 물었다.

"누가 이길 것 같나?"

"글쎄요."

유대웅이 고개를 갸웃거렸다.

굳이 대답할 필요를 느끼지 못한 것인지 시큰둥한 반응이
었다.

"장강의 앞물결은 뒷물결에 밀려나는 법이지. 무적마도가
강하기는 해도 철검서생에겐 어려울 걸세."

"그런가요? 하면 우리의 승부도 이미 결정된 것 같군요."

유대웅의 웃음 섞인 말에 한호의 움직임이 순간 멈칫했다.

"그런 순리를 뒤엎는 것이 인생사의 묘미이기도 하지."

한호는 표정하나 바꾸지 않고 태연스레 대답했다.

그의 궤변에 야유를 보내려는 찰나였다.

꽝!

거대한 충돌음이 만호평을 뒤흔들었다.

유대웅과 한호의 시선이 동시에 움직이고 무적마도와 철
검서생의 대결이 시작되었음을 확인했다.

그것이 도화선이 되었다.

거대한 함성이 만호평을 뒤흔들었다.

지금껏 한호와 유대웅만을 바라보며 침묵을 지키고 있던 양측에서 병력이 쏟아져 나왔다.

무림의 운명을 건 싸움은 그렇게 시작되었다.

*　　　　*　　　　*

만호평 동남쪽 인근.

한 사내가 만호평을 향해 달리고 있었다.

몸속에 모고를 지닌 채 천추세가에 굴복한 화원문(華元門)에서 그야말로 제왕처럼 지내던 사내였다.

월광대의 급습을 피해 겨우 탈출에 성공했지만 그 과정에서 입은 부상이 사내의 생명을 위협했다.

"빠, 빨리 알려야 한다. 노, 놈들의 음모를……."

본인은 죽을 힘을 다해 달리고 있었지만 발걸음은 천근만근 무거웠고 정신은 점점 더 혼미해져 왔다.

하지만 하늘은 사내를, 천추세가를 외면하지 않은 듯했다.

은밀히 이동을 하던 일단의 무리가 부상을 이기지 못하고 쓰러진 사내를 발견했다.

한호와 유대웅이 술잔을 기울이던 순간, 소숙으로부터 적진의 배후를 급습하여 지휘부를 마비시키라는 임무를 받고 움직이던 은환살문의 살수들이었다.

"무슨 일이냐?"

앞쪽의 소란스러움에 풍도가 짜증 섞인 음성으로 물었다.

"전령인 듯합니다."

"아군이냐?"

"그렇습니다."

"음."

잠시 갈등하던 풍도가 사내를 깨우라 명했다.

그것이 일생일대의 실수임은 그는 미처 알지 못했다.

사내로부터 장강수로맹이 뇌에 박힌 혈고를 제거하는 방법을 알아낸 것은 물론이고 이미 제거를 하고 있다는 것을 확인한 것은 분명 엄청난 성과였지만 그로 인해 약간의 시간을 지체하고 말았다.

그리고 그 짧은 시간, 그냥 지나쳤다면 만나지 않았을 상대를 만나고 말았다.

"호오~ 이게 누구지?"

난데없이 나타나 앞을 가로막은 노인의 얼굴을 확인한 풍도의 몸이 그대로 굳었다.

찢어질듯 부릅떠진 눈과 쩍 벌어진 입이 그의 놀람을 그대로 드러내고 있었다.

"원수는 외나무다리에서 만난다더니 외나무다리는 아니지만 그래도 간절히 바라니 어쨌든 만나게는 되는구나."

두려움을 감추지 못하고 있는 풍도를 보며 씨익 웃는 노인은 다름 아닌 혈사림의 잔당을 이끌고 만호평으로 향하던 혈사림주 능위였다.

*　　　*　　　*

"저것이 소면살왕이로군."

천검이 부리는 불사완구에 홀로 도전하는 노인을 가리키며 말했다.

"예."

"한데 무리가 아닌가? 제아무리 소면살왕이라고 해도 저 많은 불사완구를 감당할 수 있을까?"

"소면살왕이 아니라 불사완구입니다. 그리고 무엇보다 광의가 혼신의 힘을 다해 완성한 불사완구입니다. 천추세가에서 부리는 불사완구와는 차원이 다르지요."

유대웅의 말을 증명이라도 하듯 불사완구와 부딪친 소면살왕은 뭇 군웅이 그토록 어려워하고 두려워하던 불사완구를 너무도 쉽게 박살 내고 있었다.

두 번의 공격도 없었다.

그저 아무렇게나 휘두르는 팔에, 발길질에, 칼질에 사지가 툭툭 잘려 나갔다.

그에 반해 사방에서 밀려드는 불사완구의 공격은 소면살왕에 털끝만큼도 피해를 주지 못했다.

"금강불괴의 경지에 이르렀더군요. 솔직히 어지간한 공격으론 생채기 하나 내기 힘들 겁니다."

한껏 여유로운 유대웅과는 달리 속수무책으로 무너지는 불사완구를 보는 한호의 얼굴은 딱딱히 굳어 있었다.

현재 천추세가의 가장 강력한 무력은 불사완구와 군림대였다.

그중 한 축이 무너지는 상황이었다.

문제는 그런 불사완구를 무력화시킨 적은 건재하다는 것.

과연 누가 있어 불사완구로 변한 소면살왕을 막을 수 있을지 의심이 들었다.

한호의 시선이 가장 가능성이 높다고 할 수 있는 철검서생을 찾았다.

하지만 그는 지금 무적마도와 생사를 건 혈투를 벌이는 상태라 소면살왕에 신경 쓸 겨를이 없었다.

한호의 눈에 하후천이, 좌청패가,태상호법 언극 등이 스쳐 지나갔다.

그러나 어느 한 사람 마음에 차는 사람이 없었다.

"결국 내가 상대할 수밖에 없겠군."

한호가 유대웅을 빤히 바라보며 마지막 술잔을 들었다.

유대웅과 한호의 술잔이 허공에서 부딪쳤다.

그렇게 마지막 잔을 비운 두 사람이 천천히 몸을 일으켰다.

단순한 동작이지만 그들을 중심으로 대기가 흔들리기 시작했다.

"이 순간을 기다렸다네."

한호가 패혼을 꺼내 들었다.

유대웅의 손에도 어느새 초진창이 들려 있었다.

"초진창인가?"

"그렇습니다."

"좋군. 아주 좋아."

한호가 한껏 기대에 찬 얼굴로 소리쳤다.

"선공을 양보하지. 오게."

유대웅은 상대의 호의를 거절하지 않았다.

신중히 자세를 잡은 유대웅이 초진창을 움직였다.

눈으로 좇기 힘들 정도로 빠르고, 날카로우며 패도적인 힘이 한껏 깃든 초진창이 한호의 단전은 노리며 파고들었다.

한호가 신중히 패혼을 휘둘렀다.

패혼과 초진창이 거칠게 부딪치며 새하얀 불꽃을 만들어 냈다.

"흐음."

한호의 입에서 나직한 신음이 흘러나왔다.

패혼을 잡은 손이 살짝 저려왔다.

생각보다 강력한 힘에 놀랄 때 빙글 몸을 돌린 유대웅이 원심력을 이용하여 다시금 초진창을 움직였다.

후우우웅!

주변 공기를 순식간에 빨아들이며 맹렬히 회전을 하는 초진창.

초진창의 회전을 따라 셀 수 없을 정도로 많은 소용돌이가 만들어지고 그 소용돌이가 겹치고 겹치며 거대한 회오리바람을 만들어냈다.

"놀랍군."

한호의 입에서 찬탄이 쏟아져 나왔다.

거대한 회오리가 전신을 압박하고 회오리 중심에서 짓쳐드는 초친창의 움직임은 실로 위협적이었다.

그렇다고 겁을 먹거나 물러설 한호가 아니었다.

"타핫!"

힘찬 기합성과 함께 패혼을 휘둘렀다.

패혼에서 일어난 눈부신 검강이 주변을 휘감는 회오리바람을 단숨에 끊어내고 초진창과 정면으로 맞부딪쳤다.

꽈꽝!

거대한 충돌음과 함께 두 사람이 나란히 뒷걸음질 쳤다.

유대웅은 물러나는 과정에서도 창을 찔러 넣었다.

한호는 단 한 번의 공격으로 무려 다섯 곳의 요혈을 노리는 창의 움직임에 놀라면서도 비교적 여유롭게 공격을 피해냈다.

"역시 대단해. 기대했던 대로야."

한호가 유대웅을 향해 엄지손가락을 치켜세웠다.

"하지만 싸움은 이제부터일세. 정신 바싹 차리지 않으면 감당하기 힘들 것이야."

웃음이 섞인 경고였지만 유대웅은 흘려듣지 않았다.

다른 사람도 아니고 한호의 경고였다.

이미 기수식 만으로도 숨이 턱턱 막혔다.

한호의 검이 움직였다.

기분 나쁜 파공성과 함께 현란한 변화가 눈앞에서 일었다.

순식간에 온 공간을 검영이 지배하기 시작했다.

유대웅은 그 즉시 초진창을 찔러 넣으며 상대의 공격을 무력화시키려고 했다.

수십, 수백의 검영을 일일이 떨어뜨리는 유대웅.

하지만 공격의 대부분의 허초였다.

초진창에 의해 대부분의 검영이 흔적도 없이 사라졌을 때 비로소 진짜 공격이 모습을 드러냈다.

파스스슷!

섬뜩한 파공성과 함께 패혼이 유대웅의 숨통을 끊기 위해 짓쳐들었다.

황급히 몸을 빼며 초진창을 회전시키는 유대웅.

창에서 일어난 기류가 유대웅의 몸을 보호하는 듯했으나 패혼은 그 기류마저 무지막지한 힘으로 찢어버리며 밀려들었다.

"크헉!"

유대웅의 입에서 고통의 신음이 터져 나왔다.

핏줄기가 허공으로 치솟았다.

패혼이 훑고간 옆구리를 부여잡는 유대웅의 얼굴이 참담하게 일그러져 있었다.

"기가 막히는군."

한호가 한 걸음 물러나며 고개를 흔들었다.

공격을 성공시킨 자의 여유는 아니었다.

놀랍게도 자세를 바로 하는 한호의 어깨 또한 유대웅만큼이나 붉게 물들어 있었다.

"쉽지 않군."

전장을 살피는 소숙의 안색은 밝지 못했다.

천추세가의 주력이 합류를 하지 않았음에도 승리를 거두

었던 그였다.

그런데 정작 천추세가의 주력이 합류를 했음에도 승리는 손쉽게 다가오지 않았다.

가장 큰 이유라면 천검과 불사완구가 소면살왕에 의해 철저하게 발목을 잡혔다는 데 있었다.

미친듯이 날뛰는 전장을 헤집고 다니는 장강무적도와 자우령도 골치였다.

군림대 또한 구양걸이 이끌고 온 마황성의 노마들과 일성대를 상대하며 꽤나 고전을 했다.

군림대가 천추세가의 진정한 실력자들로만 구성이 되었다면 반역을 했다는 이유로 무려 이십여 년을 염라옥에 갇혀 있었던 일성대는 오직 복수를 위해 절치부심 실력을 기른 자들이었다.

숫자도 비슷했고 실력 또한 딱히 누가 우위라고 할 수 없을 정도로 팽팽했다.

소숙의 시선이 위진대에게 향했다.

일전에 한차례 격전을 치른 천마단과 위진대의 대결은 처절함 그 자체로 만호평에서 벌어지는 수많은 싸움 중 가장 치열한 싸움이라 할 수 있었다.

비교적 손쉬운 승리를 예상했던 소숙의 입에서 절로 한숨이 흘러나왔다.

그의 고개가 다시 움직였다.

다른 전장의 상황도 거의 비슷한 양상이었다.

딱히 어느 한쪽이 우위를 점하지 못하고 희생자만 기하급수적으로 늘어만 갔다.

"풍도는 뭘하는 거지? 지금쯤이면 도착을 했어야 하지 않나?"

"아무래도 신중을 기하다 보니 그런 것 같습니다."

짜증이 가득 담긴 소숙의 말에 모진이 변명 아닌 변명을 늘어놓았다.

"신중은 무슨. 이런 상황에서 누가 그들의 움직임을 의식하고 있다고!"

소숙의 말이 끝나기를 기다렸다는 듯 거대한 웃음소리가 만호평에 울려 퍼졌다.

"크하하하하!"

광소와 함께 전장으로 날아든 것은 장강수로맹의 지휘부를 급습하기 위해 움직였던 은환살문 문주 풍도의 수급이었다.

능위를 필두로 혈사림의 병력이 만호평에 도착을 했다.

그 수가 아주 많다고는 할 수 없었지만 능위의 존재만으로도 실로 위협적이었다.

붉은 눈으로 전장을 쓰윽 살피는 능위.

어울릴 만한 자들은 이미 대부분이 상대를 찾아 치열한 싸움을 벌이고 있었다.

특히 한호와 유대웅, 그리고 무적마도와 철검서생이 벌이는 싸움은 보고만 있어도 피가 뜨거워지고 승부욕이 자극되는 혈전이었다.

"흐음."

뭐를 발견한 것일까?

그렇잖아도 붉게 물든 능위의 눈에서 혈광이 뿜어져 나왔다.

"이자웅."

"예, 림주님."

"길을 뚫어라. 저 늙은이의 얼굴을 좀 봐야겠다."

능위가 가리키는 손끝에 소숙이 있었다.

"존명!"

명을 받은 이자웅이 소숙을 향해 일직선으로 내달리기 시작했다.

그의 뒤로 천추세가에 대한 복수만을 생각하며 살아남은 혈사림의 무인들이 살기로 가득한 함성을 내뱉으며 따라붙었다.

"좌측이다. 놈들을 막아랏!"

소숙을 호위하고 있는 천위영 영주 허표가 목이 터져라 소리쳤다.

예비로 대기하고 있던 천추단의 일부 병력이 혈사림을 막기 위해 나섰다.

한데 바로 그 순간, 혈사림의 등장에 이은 또 하나의 변수가 만호평을 뒤흔들었다.

삐이이이!

날카로운 경적 소리와 함께 허공으로 치솟은 폭죽이 화려한 폭발을 일으켰다.

난데없는 폭죽에 사람들의 이목이 쏠린 상황에서 뭔가 심상치 않은 일들이 벌어지고 있었다.

"으아악!"

"크아악!"

만호평 곳곳에서 처절한 비명이 들려왔다.

소숙은 그 비명의 대부분이 적이 아닌 아군, 그리고 싸움이 아닌 전혀 예상치 못한 충격에서 오는 비명임을 직감했다.

"군사를 모셔라."

잠시 사라졌던 허표가 수하들을 대동하고 소숙의 곁으로 달려왔다.

"무슨 일이냐?"

소숙이 떨리는 음성으로 물었다.

"놈들이 반기를 들었습니다."

"놈들? 반기?"

"본가에 항복을 하고 굴복을 했던 자들의 상당수가 검을 고쳐 잡았습니다. 놈들의 갑작스런 배반에 미처 대응하지 못해 피해가 급증하고 있습니다."

허표가 이를 갈며 말했다.

"놈들이 감히 어떻게? 혈고에……."

문득 광의의 얼굴이 떠올랐다.

참회옥에서 실종되었다가 장강수로맹에 모습을 드러낸 것 같다는 보고를 끝으로 잠시 잊고 있었던 얼굴.

"이럴 수가!"

소숙의 낯빛이 파리하게 질렸다.

자신의 예측이 맞다면 그야말로 최악의 위기가 닥친 것이다.

누가 아군이고 적군인지 확인을 할 수 없는 상황.

혈고의 위협에서 벗어난 이들은 언제든지 검을 바꿔 쥘 수 있었는데 문제는 그들이 누구이며 그 수가 얼마나 되는지 알 수 없다는 것. 그렇다고 그들 모두를 적으로 돌린다면 싸움 자체가 성립되지 않았다.

그의 예측을 증명이라도 하듯 천추세가의 무인들은 극도의 혼란 속 변심한 내부의 적에, 기회를 놓치지 않고 치고 들어오는 외부의 적에 의해 속절없이 쓰러지기 시작했다.

"아, 안 돼!"

소숙의 입에서 절망의 외침이 터져 나왔다.

'과연 대단하다.'

거칠게 호흡을 내뱉는 유대웅의 눈에 감탄이 일었다.

한호가 뛰어난 무공을 지니고 있다는 것은 익히 알고 있었지만 이토록 막강할 줄은 솔직히 생각을 하지 못했다.

패왕칠검은 몰라도 팔뢰진천이라면 능히 승리를 거둘 것이라 여겼던 생각이 얼마나 한심한 것인지 뼈저리게 느꼈다.

사용할 수 있는 모든 무공을 사용했다.

남아 있다면 오직 하나, 팔뢰진천의 여덟 초식 중 가장 패도적이며 강력한 힘을 지닌 화룡만공뿐이었다.

문제는 그 성취가 구성에 불과하다는 것이다.

'결과는 하늘에 맡긴다. 난 그저 최선을 다할 뿐.'

유대웅은 비록 완전하지는 않았지만 화룡만공만이 한호를 쓰러뜨릴 수 있는 가능성이 있다고 여겼다.

유대웅이 초천검의 손잡이를 끌어당기며 조화신공을 극성으로 운용하기 시작했다.

그러자 창끝에서 흘러나온 기운이 거대한 초진창을, 유대웅을 부드럽게 에워싸기 시작했다.

유대웅이 땅을 박차고 뛰어 올랐다.

거대한 덩치에 어울리지 않게 너무도 가볍게 허공으로 치솟은 유대웅의 더없이 힘찬 외침이 터져 나왔다.

"화룡만공!"

화염에 휩싸인 초진창이 유대웅의 손을 떠났다.

한호를 향해 내리꽂히는 초진창.

유대웅과 한호의 사이에 있는 모든 공간을 초진창이 완벽하게 장악했다.

자신을 향해 날아드는 수십 개의 화염 덩어리를 보는 한호의 안색은 딱딱하게 굳어 있었다.

한호가 피가 나도록 입술을 깨물었다.

두 눈에서 뿜어져 나오는 굳은 의지가 손에든 패혼에게 전달되었다.

푸스스슷.

패혼에서 조용히 기운이 일기 시작했다.

시작은 미미했지만 단숨에 그 영역을 넓히며 곧 들이칠 화염 덩어리와 맞설 준비를 했다.

잠시 후, 검끝에서 완벽하게 유형화된 검강이 모습을 드러냈다.

거대한 화염과 검강이 충돌을 일으켰다.

엄청난 파공성이 주변을 강타했다.

미처 대비하지 못한 자들의 고막이 그대로 터져 나가며 귀에서 피가 흘러내렸다.

주변을 휩쓴 충격파에 천지가 뒤집혔다.

"타핫!"

유대웅의 입에서 쥐어짜내는 듯한 외침이 터져 나오더니 수십, 수백의 화염이 한호를 노리며 쏘아졌다.

사방을 완벽하게 차단하며 짓쳐 드는 화염에 한호 또한 필사적으로 반응했지만 방금 전의 충돌에서 큰 손해를 본 상황에서 유대웅이 마지막 남은 내력까지 바닥내며 시전한 공격을 완벽하게 막아내기란 사실상 불가능한 일이었다.

"크윽!"

한호의 입에서 탁한 신음성이 흘러나왔다.

중심을 잡지 못하고 뒷걸음질 치는 한호의 입에서 폭포수처럼 핏물이 뿜어져 나왔다.

한호의 한쪽 무릎이 꺾였다.

패혼을 의지해 다시 몸을 일으키려 하였지만 손에 쥔 패혼은 손잡이만 남긴 채 산산조각이 난 상태인지라 오히려 남은 무릎마저 힘없이 꺾였다.

무릎을 꿇은 자세 그대로 잠시 고개를 떨구고 있던 한호가 천천히 고개를 들었다.

"과연 패왕의 무공이군. 이길 수 있다고 생각했는데 말이야."

"주변의 변수가 아니었다면 승부를 장담할 수 없었습니다."

유대웅이 솔직하게 말했다.

방금 전, 최후의 공격을 감행할 때 만호평에서 벌어진 이변으로 인해 한호의 주의력이 순간적으로 흐트러졌음을 그는 알고 있었다.

"그 또한 실력이다. 변명이 될 수 없지."

말은 그리하면서 유대웅의 배려에 기분은 좋은 듯했다.

"어찌 된 이유지?"

한호가 물었다.

만호평에서 벌어진 일에 대한 의문이었다.

"혈고를 제거할 수 있는 약을 만들었습니다."

"광의?"

한호의 눈동자가 급격하게 커졌다.

"예."

"그랬군. 그래서 저런 혼란이 벌어진 것이었어."

한호는 내부의 혼란으로 인해 급격하게 무너진 천추세가의 진영을 보며 허탈감을 감추지 못했다.

"어이가 없는 노릇이야. 따지고 보면 우리 모두가 그 미친 의원의 손에서 놀아난 느낌이란 말이지."

씁쓸하게 웃는 한호의 눈에서 급격하게 생기가 사라지고

있었다.

"사부… 님."

반쯤 감긴 한호의 눈에 능위의 손에 목덜미가 잡힌 소숙의 모습이 들어왔다.

유대웅의 고개가 한호의 눈빛을 따라 움직였다.

서로의 얼굴을 확인하기도 힘든 거리였지만 유대웅은 소숙의 시선 또한 한호에게 향해 있다고 느꼈다.

툭.

나직한 소리와 함께 한호의 손에 들렸던 패혼이 땅에 떨어졌다.

한호는 무릎을 꿇고 소숙을 바라보는 자세 그대로 숨이 끊어졌다.

한숨을 내쉰 유대웅이 한호의 시신을 안아 편안히 눕히곤 미처 감지 못한 눈을 가만히 쓸어 감겨주었다.

무림제패를 노렸던 천하의 효웅이자, 영웅이라 칭해도 부족함이 없었던 천추세가의 가주는 그렇게 숨을 거두었다.

한호의 죽음을 확인한 것인지 곳곳에서 승리를 확신하는 함성 소리가 들려오기 시작했다.

그러나 싸움은 아직 끝나지 않았다.

무적마도와 철검서생은 여전히 싸움을 계속하고 있었고 소면살왕과 불사완구의 싸움도 끝을 보려면 꽤나 오랜 시간이 필요할 듯 보였다.

천추세가 장로들에 포위를 당한 뇌하와 자우령은 오히려 그들을 거칠게 몰아치며 무림을 뒤흔드는 그들의 명성을 다시금 확인시키는 중이었다.

부친을 대신해 천추세가를 이끌게 된 한교는 피눈물을 흘리며 세가를 지휘했고 전장에서 물러난 하후세가가 그를 보호하며 언제든지 퇴각을 할 수 있도록 준비하고 있음이 눈에 보였다.

잠시 전장을 살피던 유대웅은 이내 관심을 잃고 고개를 돌렸다.

더 이상의 싸움은 의미가 없는 것.

한호가 쓰러진 이상 승리는 불변이었다.

유대웅이 천천히 몸을 일으켰다.

그리곤 차가운 대지 위에 몸을 누이고 있는 한호에게 정중히 예를 표했다.

"편히 가시길."

순간, 한호의 입가에 엷은 미소가 지어졌다고 여긴 것은 그만의 착각이리라.

*   *   *

"셋 셀 동안 그 보따리하고 몸에 지닌 물건을 모두 내려놓고 꺼져라. 괜히 큰 덩치 믿고 까불지 말고. 그러다 뒈지면 너만 손해야. 아무튼 시키는 대로 따르면 목숨만은 살려주마."

애꾸눈 장한이 대감도를 어깨에 턱 걸치고 나름 위협적인 목소리로 소리쳤다.

애꾸눈 옆에 섰던 여우상의 사내가 색욕으로 번들거리는 눈빛을 빛내며 말했다.

"옆에 계집은 그냥 놔두고. 네놈만 꺼져라."

"무슨 소리야? 채주님이 아시면 어쩌려고."

애꾸눈 사내가 깜짝 놀라며 고개를 저었다.

"에이, 여기서 산채와의 거리가 얼만데. 너와 나만 입을 다물면 아무도 몰라."

"그래도……."

애꾸눈 사내가 망설이는 듯하자 여우상을 한 사내가 그의 얼굴을 잡고 고개를 홱 돌렸다.

"눈깔이 하나밖에 없다고 안 보이는 거 아니잖아. 자, 똑바로 봐. 내 삼십 평생 저렇게 예쁜 계집은 처음이다. 몸매는 또 어떻고. 아흐!"

여우상의 사내가 몸을 배배꼬았다.

"그런데 그냥 보내자고? 미친 거냐? 관두려면 너나 관둬라. 나중에 경을 치는 한이 있어도 난 그냥은 못 보내겠다."

"그, 그럼 그럴까?"

여우상의 사내 말대로 눈앞의 여인은 인간이 아니라 선녀라고 해도 고개를 끄덕일 만큼 아름다웠다.

장가계 촌구석에선 백날을 찾아봐야 찾아볼 수 없는 대단한 미인이었다.

"언제까지 듣고 있을 거예요?"

여인이 앙칼지게 소리쳤다.

"오룡채라고요?"

갑작스런 물음에 애꾸눈과 여우상의 사내가 자신도 모르게 고개를 끄덕였다.

하지만 여인의 질문은 그들에게 한 것이 아니었다.

"비록 작은 산채에 불과하지만 진정한 사내들이 모여 있는 곳이라면서요."

여인이 날카로운 눈으로 두 사내를 노려보았다.

"흥, 사내는 무슨. 색탐에 눈먼 짐승들이고만."

변명할 틈도 없이 고개를 홱 돌린 여인이 빠르게 걸음을 옮겼다.

여인이 멀어지자 그제야 정신을 차린 여우상의 사내가 어이가 없다는 듯 물었다.

"저년 뭐하는 거냐?"

"그, 글쎄."

당황하기는 애꾸눈 또한 마찬가지였다.

"미친 거 아냐? 하긴, 원래 이쁜 것들이 생긴 값을 하기는 하지. 쯧쯧, 덩치 네놈도 나름 고생이겠어. 그래도 상관은 없다. 어차피 위에서 한번 꾹 눌러주면……."

입안 가득 군침을 흘리며 음담패설을 늘어놓던 여우상의 사내는 미처 말을 끝내지도 못하고 삼 장 밖으로 나가떨어졌다.

"히끽!"

발길질 한 번에 동료를 무참히 날려 버린 사내가 자신을 노려보자 애꾸눈은 자신도 모르게 딸꾹질을 해댔다.

"오룡채?"

"그, 그렇습니다."

"여전히 그곳에 있지?"

"예?"

"그곳에 있냐고."

"이, 있겠지요."

애꾸눈의 대답에 절로 한숨이 나왔다.

"그냥 조용히 사라져라. 아니면 내가 묻어줄 테니까."

위협적인 눈으로 애꾸눈을 위협하며 어깨를 툭 친 사내가 황급히 여인의 뒤를 쫓으며 말했다.

"뭔가 오해가 있는 것 같아."

"오해요?"

"확인해 보니 오룡채의 식솔들이 아니던데. 오룡채엔 저런 쓰레기 같은 놈들은 놈들이 없어. 숙부의 성정상 절대 용인하지 않으시지."

"흐음."

여인이 믿기 힘들다는 표정을 짓자 사내는 진땀을 흘리며 녹림에서 나름 명문(?)이라 할 수 있는 오룡채에 대해 자세한 설명을 했다.

"알았어요. 알았으니까 이제 그만해요."

여인이 미소를 지으며 손사래를 치자 그제야 안도의 한숨을 내쉬는 사내.

바로 그 순간, 애꾸눈의 사내가 곰처럼 커다란 덩치를 지닌 사내를 대동하고 나타났다.

"네놈이 우리 아이들을 괴롭힌 놈이냐!"

곰 같은 덩치의 사내가 온 산이 쩌렁쩌렁 울리는 음성으로 소리쳤다.

"이분이 바로 명성 높으신 오룡채의 부채주 석웅님이시다. 목숨이 아까우면 당장 무릎을 꿇어."

애꾸눈의 사내가 석웅을 믿고 거드름을 피웠다.

"역시 오룡채였군요."

여인이 석웅과 애꾸눈을 보며 묘한 웃음을 지었다.

그것을 본 사내의 얼굴이 확 구겨졌다.

"인상을 써? 지금 네놈이 나와 해보겠다는 거냐?"

석웅이 가소롭다는 얼굴로 묻자 여인은 입을 가리며 웃음을 참지 못했고 사내는 붉어진 얼굴로 버럭 소리를 질렀다.

"그만 좀 해요, 석웅 아저씨. 이게 무슨 망신입니까?"

사내가 영문을 몰라 멍한 눈으로 바라보는 석웅에게 얼굴을 들이밀었다.

"이젠 조카 얼굴도 잊어먹었습니까? 나예요, 나!"

혼인을 올리기 전, 세상에 하나뿐인 숙부에게 인사를 하려고 사랑하는 연인을 데리고 고향을 찾은 사내.

천추세가를 물리치고 무림에 명성을 드높인 장강수로맹의 맹주 유대웅은 오랜만에 찾은 고향, 그것도 사랑하는 연인 앞에서 그렇게 대망신을 당하고 말았다.

『장강삼협』 완결

노주일 新무협 장편 소설

FANTASTIC ORIENTAL HEROES

청어람이 발굴한 신인 「노주일」
그가 선사하는 즐거운 이야기!

내 나이 방년 스물셋. 대륙을 휘몰아치는 전쟁에서
간신히 살아남아 고향으로 돌아왔다.
사실 전쟁은 이미 이기고 지는 건 문제도 아니었다.
단지 전후 협상만이 탁상공론으로 오고 갔을 뿐.
하지만 전쟁터에서는 항시 사람이 죽어 나갔다.
이유도 알지 못한 채 그냥.
그러던 차에 전후 협상처리가 되고 나서 전역했다.
그리고는 곧장 뒤도 돌아보지 않고 고향으로!

『이포두』

내 가족과 내 친구가 있는 곳으로!

Book Publishing CHUNGEORAM

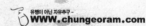

유행이 아닌 자유추구 -
WWW.chungeoram.com

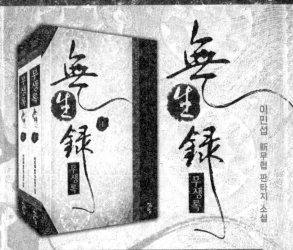

FUSION FANTASTIC STORY
천성민 장편 소설

짐승의 규칙

『무결도왕』 『다크로드 블리츠』
천성민 작가의 신간!

짐승의 규칙

살아야만 했다.
나를 위해 희생당한 부모님을 위해.
복수를 위해.

죽어야만 했다.
내가 살기 위해 타인의 목숨을.

그렇게……
나는 짐승이 되었다.

Book Publishing CHUNGEORAM

유행이 아닌 자유추구 ~
WWW. chungeoram.com